ログアウトしたのはVRMMOじゃなく
本物の異世界でした
3
～現実
ステー
The Rea
Otherworld
I logg
here, not a VRMMO.
とーわ
イラスト/KeG

Contents

「い、いかがでしょうか……その、この夏はこのタイプが流行りだそうで……」

「フフッ……アハハ
アハハハ

「……イオ
ッ……
ハハッ……!!」

試着室の扉が開き、俺の目に飛び込んできたのは——
それぞれ新しい水着を身に着けた、雪理と黒栖さんの姿だった。
「待たせてごめんなさい、玲
この水着にしようと
思うのだけど……

り……なのか……？」
から送られてきた映像には、灰色の空に浮遊する白い髪の
が映っていた。彼女は禍々しい意匠の装備を身に着け、
魔神アズラースの波動砲《ディストラクション》を思わせる巨大な銃を携えている。
姿をしていながら、似て非なる存在の彼女はいったい——!?

ダッシュエックス文庫

ログアウトしたのはVRMMOじゃなく本物の異世界でした3
~現実に戻ってもステータスが壊れている件~

とーわ

第一章　学園とVRMMO、それぞれの仲間たち

1　帰途

ミーティングカフェに行くと、メイド姿の店員がやってきてオーダーを取ってくれる。

「いらっしゃいませ。メニューはお決まりですか？」

「俺はレモンスカッシュで」

「疲れてる時ってクエン酸がいいんだよねー。あーしも炭酸にしよっかな」

姉崎《あねさき》さんはごく自然に俺の隣に座り、『トレーナー』らしいアドバイスをくれる。ジャージ姿から制服に着替えている彼女だが、服のボタンを外していて胸元が結構危うい状態だ。

「姉崎さん、ボタンはしっかり留めた方がいいわね」

「ふぁっ……え、せつりん優しくない？　レイ君、せつりんにボタン留めてもらっちゃった」

「折倉《おりくら》さんって、イメージしてたより柔らかいっていうか……すみません、もっと厳しい人だと思ってましたっ」

「社《やしろ》、もう少し配慮《はいりょ》のある言い方をですね……」

『姫』と呼ばれているだけあって、雪理《せつり》に対する周囲のイメージに何か先入観があったようだが、俺は彼女の人当たりが柔らかい一面を知っている。

「お嬢様……いえ、雪理さんはお優しい方です。交流戦の件については勝敗を重視し、皆様に厳しくされることもあるかと思いますが、それはチームを思ってのことで……」

「……揺子《ようこ》、あなたは静かにしていて」

「っ……も、申し訳ありません」

雪理は顔を赤らめて「こほん」と咳払《せきばら》いをする。坂下《さかした》さんは恐縮しきって、椅子《いす》から立ち上がって背筋を正していた。その様子を見て他のメンバーが笑う。

「私も含めて、折倉さんの家のことは知っている人が多いと思うのですが。私の家業も折倉グループの傘下《さんか》にありますし」

「え、せつりんの家ってやっぱりあの『折倉』なの？　はー、噂《うわさ》では聞いてたけどほんとにそうなんだ。凄《すご》くない？」

「じゃあ、坂下さんって……『お嬢様』ってことは、折倉さんのメイドさんってことですか？」

社さんは結構遠慮がないタイプのようで、伊那《いな》さんもちょっと動揺《どうよう》している。木瀬《きせ》君は別のテーブルで唐沢《からさわ》と話している――いつものことなので気にしていないのだろうか。

「私は折倉家で使用人をしております。世間的な『メイド』とは、少し違うかもしれません」

「いいなー、あーしもメイドとかしてみたい。バイトの募集とかしてたりしない？」

「していなくはないけれど、少し話が脱線しすぎているわね……家は家、私は私ということでお願いしてもいいかしら」

「お待たせいたしました、お飲み物でございます」

メイド服の女性にレモンスカッシュを出されて受け取る。一口飲もうとしたところで、何か熱い視線を感じる——両隣に座っている黒栖《くろす》さん、そして姉崎さんに見られている。

「レイ君もやっぱりメイドさん好きだったり？」

「ん？　え、ええと……確かに嫌いではないけど、特にこだわりは……」

「……そうなんですか？」

何か意識調査をされているような気分だ——気づいたら他のメンバーの視線が集まっている。メイドが好きというか、ゲームでメイド装備をしている人になんとなく目がいったりするのは普通ではないだろうか。

「玲人《れいと》、今後の予定について話させてもらってもいい？」

「あ、ああ。交流戦って、いつから始まるのかな」

「第一試合は早速来週に行われるから、チーム練習をしておきたいわね。模擬戦《もぎせん》をするか、『洞窟《どうくつ》』の攻略を進めるかだけど……」

模擬戦という言葉が出た時点で、伊那さんたちの班がビクッと反応する。どうやら、俺がいる班と試合をするのは気が引けるようだ。

「幾島《いくしま》さん、交流戦の試合内容について説明をお願いできる？」

「はい。皆さんのコネクターにデータをお送りします」


《幾島十架《とうか》から『交流戦詳細』のデータを受信しました》

幾島さんがヘッドホンに触れると、それだけで俺のブレイサーにデータが送られてくる。頭の中に情報が展開されるこの感じは独特だが、徐々に慣れそうだ。

交流戦は規定の『特異領域』内で行われる。他のプレイヤーからスコアを奪取することで、規定のスコアを早く達成したチームが勝利となる。

他のプレイヤーからスコアを奪取する手段は、攻撃をヒットさせること。選手は『スコアパネル』を体のどこかに装備し、命中した攻撃のダメージを計測される。

『負傷を防ぐため、選手は攻撃の威力を抑える『リミッターリング』を装備しなければならない……か」

俺の呪紋《ルーン》の威力を抑え込めるかどうかというのは、多少心配ではある。『リミッターリング』を着けてどうなるか、一度試しておけるだろうか。

「その『リミッターリング』って、試しに使ったりは……」

「試合会場で貸し出されるから、事前に使うのは無理でしょうね。学生レベルなら、負傷するような攻撃はできなくなるはずだけど……」

雪理が心配そうだ――やはり俺の呪紋を抑制しきれるかが気がかりなのだろう。

「命中させればいいってことなら、色々やり方はある。相手の攻撃から身を守る分には特に制限はないんだよな」

「ええ。玲人の防御魔法は信頼できるけれど、フィールドが広いから頼りきりというわけにもいかないわ。基本的には数人ずつで散開することになるから」

どうやら、交流戦とは『特異領域』の中で行われるサバイバルゲームのようなものらしい。

そう考えるとルールが徐々に呑《の》み込めてきた。

「今回の試合は８人制だから、ここにいるメンバーが全員出場することになるわね」

「っ……わ、私も……」

「そうね、黒栖さんは玲人のバディでもあるし、息の合っているところは見せてもらっているし……日時の都合が大丈夫なら、ぜひ参加してほしいのだけど」

「は、はいっ、大丈夫です、私はいつでも……玲人さんは大丈夫ですか？」

「ああ、大丈夫だと思う。他に予定も入れないようにするよ」

エアのほうで何かあるかもしれないが――というか遊びに誘われたりするかもしれないが、休みは日曜もあるので調整できるだろう。

交流戦に勝つ目的は討伐隊《とうばつたい》と接触するためだったが、朱鷺崎《ときさき》市第二部隊の隊長である綾瀬《あやせ》さんと話す機会が持てたことでそれは達成している。だが、対戦校の選手である『速川鳴衣《はやかわめい》』がどんな人物か、一度会って確かめてみたい。

（イオリと同じ苗字《みょうじ》の人……だから関係があるなんて決まったわけじゃない。それでも、万に一つでも可能性があるなら……）

「……玲人さん？」

「ああ、大丈夫。試合が楽しみだと思っただけだよ」

「神崎《かんざき》がそう言うのなら、僕も足を引っ張るわけにはいかないいな」

「私もベストを尽くさせていただきます。必ずや神崎様に勝利を……いえ、風峰《かざみね》学園に勝利を持ち帰りましょう」

唐沢が眼鏡《めがね》の位置を直しながら言い、坂下さんも応じる。二人とも戦意は十分といったところだ。

「明日もここに集合ということでよろしいですか？」

「ええ、お願い。明日は個人訓練だけど、伊那さんも参加するんでしょう？」

「あ、私も参加させてください。いちおう私も近接系なので、組手の相手は常に募集中なんです」

社さんが積極的に話に入ってくる。氷が溶け始めたレモンスカッシュを飲みながら何とはなしに見ていた俺だが、姉崎さんが肘でつついてくる。

「レイ君、訓練ってレイ君が教えるんでしょ？　女の子ばっかりで大丈夫？」

「っ……ま、まあ訓練だから。唐沢と木瀬君は……」

「僕らは銃使い《ガンナー》だから、射撃場での訓練が主になる。基礎体力をつける訓練もしているけどね」

「たまに社の相手をすることはあるが、正直なところ俺では相手にならない。同じレベルの武術を修めた者同士でなければ、技は磨《みが》かれないからな」

「そういうわけで、私もよろしくです神崎先生っ」

社さんが三つ編みを揺らしつつ言う——握手までされてしまった。

「少し距離の詰め方が早すぎるんじゃないかしら……いえ、礼儀《れいぎ》正しいのは良いと思うのだけど」

「あはは、レイ君先生になっちゃった。あーしも先生って呼んでいい？」

「はは……同級生として普通に扱ってくれると有り難いんだけど」

「ふふっ。『先生』も大変ね、こんなに慕《した》われてしまうと」

雪理が珍しく冗談を言うので、俺も笑うしかない。しかし冗談めかせて言われたが、女子ばかりの訓練に参加していたら何か噂が立ったりしないだろうか——これ以上目立つのは避けたいところだ。

◆◇◆

ミーティングカフェを出たところで解散となり、校門に向かうところでブレイサーに通信が入った。一緒に歩いていた黒栖さんは唇に指を当て、静かにしますという仕草をする。

《風峰学園回収課　鴻野飛鳥《こうのあすか》様より通信が入っています。応答されますか？》

『水棲獣《すいせいじゅう》のデーモン』から得られた素材、そして隠しエリアの埋蔵品。それらを『回収課』に運んでもらうように頼んだが、何か問題が――あるのは分かっているが、とりあえず応答しなければ。

『あ、あのっ、あれは一体どういうことなんですか⁉』

通信が繋《つな》がるなり、慌てた女性の声が聞こえてきた。後ろではどやどやと、男女入り混じった声が聞こえている――回収作業中のようだ。

「すみません、想定外の魔物と遭遇《そうぐう》して倒した後に、壁を掘ったら宝石が出てきまして」

『いえっ、いえいえいえいえ！　あんな高ランクの魔物を倒したり、壁を掘るって普通はできませんから！　ダイナマイトとか使うやつですから！』

「爆発物を使うのは多分犯罪だと思うので……いや、こんなご時世なので大丈夫なんですかね」

『ゾーン内での障害物撤去《てっきょ》に使う爆発物は許可されてます……って、そういう話ではなくてですね……はぁ、すみません、少し落ち着かせてください』

『何やってんだ鴻野、あまり依頼主に時間取らせんじゃないよ』

通信に他の人物の声が入った。どうやら、同じ回収課の男性のようだ――そのまま通信相手が切り替わる。

『どうも、回収課の相川《あいかわ》です。なかなかのデカブツですが、今日の深夜にはファクトリーの倉庫に入れておきますね。宝石に関しては全部採掘していいですか？』

「はい、ぜひお願いします」

『分かりました、採掘の結果については報告書を出しますんで安心してください。そのまま売却にも出せますがどうします？』

「加工できる素材は残しておきたいので、後で見て決めさせてください。学園の設備で投資できたりするなら、そういうのに使いたいとも思ってるんですが」

『っ……そ、そこまで考えてらっしゃるんですか。いや、驚いた……』

金銭面では困っていないから、と言うと角《かど》が立ちそうなのでそこまでは言わないでおく。宝石を売ってどれくらいの額になるのかを聞いたら、使い道を他に思いつくかもしれないが。

『では、回収作業の方、続けさせていただきます。今後ともご贔屓《ひいき》に』

「はい、よろしくお願いします」

通信を終え、待っていてくれた黒栖さんを見ると、彼女は何かくすぐったくなるような目でこちらを見ている——前髪がかかって、片目しか見えていないが。

「電話をしているときの玲人さん、なんだか大人の人みたいでした」

「回収をお願いしてるから、できるだけちゃんとしないとなと思って……変じゃなかったかな」

「そんなことないです、凄《すご》くしっかりしてました。難しいお話もされてたみたいですけど……設備の投資、ですか？」

「まあ、今は少し考えてるだけだけど。黒栖さんは欲しいものとかある？」

「い、いえっ……あの、装備を作っていただいたりするだけで、凄く嬉しいので。レオタードはちょっと恥ずかしいですけど、私に合った装備ですし」

『ワイバーンレオタード』が完成したら、黒栖さんが装備するのか——と想像しかけて妄想を振り払う。思い切り思考が桃色になってしまって良くない。

「……玲人さんには一番早く見せたいです」

「えっ……あ、ああ。俺も楽しみにしてるよ」

黒栖さんが微笑《ほほえ》む——内心動揺《どうよう》している俺としては、その純粋さが眩《まぶ》しすぎる。

バスに乗って帰っていく黒栖さんを見送ると、空が夜の色に変わり始める。自転車に跨《また》って坂を下っていくあいだに、俺は今日一日の出来事を思い返していた。

2　経験とスキル

家の前に着いた段階で、なんとなく察してはいたのだが——玄関に入ると、妹のものの他に二つ靴《くつ》が並んでいた。

リビングに顔を出すと、まだ制服から着替えていない英愛《エア》と友達二人の姿があった。小柄な方が小平《こだいら》紗鳥《さとり》さんで、身長が高いのが長瀬《ながせ》稲穂《いなほ》さんだ。

「あ、お兄ちゃんお帰りー」

「す、すみませんお兄さん、お邪魔してます……っ」

「お疲れ様です、英愛のお兄さん」

「ああ、いらっしゃい。英愛、夕食はどうする？」

妹の友達二人は俺に対して緊張しているので、あまり圧をかけないようにする——と、それでも二人が何かソワソワとしているようだ。

「その、すみません。今日も警報が出てしまって……」

「念のために避難してるってことだな。まあ確かに、この家はかなり安全だと思うよ」

「お兄さんがいてくれますから……あっ、す、すみません。あまり頼ったりしたら迷惑ってわかってるんですけど……」

「そんなことは全然ないよ。家の人も安全なところにいるなら、そこは心配ないかな」

年下とはいえ女の子が三人家にいるというのは俺の中で非日常なのだが、妹の友達なら結構落ち着いて対応できる——と、そんな心中を知らず、二人は俺に対して恐縮している。

「夕食の用意はこれからしますので、お兄さんは一旦お部屋で休んでください」

「そうか、なら洗い物とかは俺がするよ」

「ありがとうございます。今日もふわとろオムライスがいいですか？　他にも材料があるので色々作れますよ」

小平さんは料理に向いている『天性』を持っていると言っていたので、スーパーで特価だったという鶏肉を使ってもらい、メニューについてはお任せということでお願いすることにした。

◆◇◆

チキンソテーとミネストローネ、そしてサラダ。いずれも美味《おい》しかったが、褒《ほ》めると小平さんがさらに緊張してしまうようなので、コメントに気をつける必要があった。

「良かったね紗鳥、お兄さんが喜んでくれて」

「う、うん……でも二人も手伝ってくれたし、私だけじゃないから」

「いなちゃんと違って、私はほぼ応援してるだけだよ？」

「英愛も『お兄ちゃんにはいつも元気でいてほしい』って言ってました。だからご飯の時間は大切にしなきゃって」

「っ……」

長瀬さんもなかなか言うときは言うというか、不意を衝《つ》かれて思わず妹と同じ反応をしてしまう。

入院していた時から心配してくれていた妹には頭が上がらない。もともと俺に妹はいなかった——その意識が残っていてなお、英愛がいてくれることで救われている部分がある。

「……お、お兄ちゃん、別にそういう意味じゃなくてね、お兄ちゃんにはいつも元気でいてもらって、また美味しいラーメンを食べに行きたいなってことで……」

「英愛ちゃん、あのお店に通ってるの……？」

「頼む時に呪文みたいなの唱《とな》えるお店？　あれはハマっちゃだめだよ、英愛」

「ほらー、二人とも一回行ったらもう付き合ってくれないんだもん。可哀想《かわいそう》な妹を一人にしないでくれるよね、お兄ちゃんは」

「ははは……まあ、コンディションが良いときにな」

なんとか空気が変わってくれて良かった。英愛とは毎日顔を合わせるのに、照れくさい空気になってしまうのは避けたいところだ。

◆◇◆

先に風呂に入るように言われ、上がったら居間で待っているようにと言われ――さらに『ダイブビジョン』を持ってくるようにとも言われた。

二つのソファに二人ずつで分かれて座り、背もたれに身体《からだ》を預けて楽な姿勢を取る。ネットを介してマルチプレイをするつもりだったので、プレイヤー四人が同じ空間にいるというのは新鮮な感覚だ。

「さとりん、いなちゃん、準備できた？」

「うん、昨日のうちにキャラクターも作ってあるよ」

「私も。ちょっとだけ紗鳥と一緒にやったけど、まだ全然初心者で……」

「俺たちも似たようなものだから大丈夫。何をするかはログインしてから話そうか」

「「はいっ」」

ダイブビジョンが俺の思考を拾い、ゲームが起動する。目の前に現れた扉を開くと、光が一気に溢《あふ》れ出した。

《―Welcome to Astral Border World―》

ログインしたのは俺が一番先で、後からエア、そして『コトリ』『切羽《きりは》』の二人が出てきた。

「えっと、私が……わかります？」

プライベート情報を喋《しゃべ》るときは専用のチャットに切り替えられる。三人にやり方を教えて、四人だけで話せるチャンネルを開いた。

「コトリが小平さんで、切羽が長瀬さん……で合ってるかな」

「はい、当たりです」

「漢字が使えるみたいなので、試しに入れてみたんですけど……」

小平さんは『アースリング』、長瀬さんは『フォセット』――前者は小柄なアバターで、どこか妖精のような面影《おもかげ》がある。フォセットは人間に近いが、身長が高めで全体的にシャープな印象だ。

「お兄さん、猪さんのマスク……？　を被《かぶ》ってらっしゃるんですね」

「ああ、そうだった。ごめん、驚かせたかな」

「それって、レアな装備だったりしませんか？　みんなお兄さんを見てるみたい……あっ、ゲームの中ではレイトさんって呼んでもいいですか？」

二人がハンドルネームを使っているので、俺たちも合わせるべきかと思うところだが――このゲームにログインしている理由を踏まえると、やはり変更はできない。

「ゲームでは先輩後輩もないし、呼び捨てでも大丈夫だよ」

「じゃ、じゃあ……えっと……レイト……」

「私は……レ、レイト……お兄さん……」

「さとりん、お兄ちゃんが欲しかったんだよね。だからお兄ちゃんのこと……」

「ち、違……それでお兄さんって言ってるわけじゃなくて、落ち着くっていうか……」

「よし、とりあえず呼び方は自由ということで。ネオシティに行ってみよう」

仲間が増えたということで、今回は初級のクエストを受けてみてもいいかもしれない。


――また会えて嬉しかった。けど、私は……。


脳裏《のうり》に過《よぎ》る声。ラットエンペラーとの戦いで意識が遠のいた時、確かに聞こえた。

あれは、イオリの声だった。けれど俺は『彼女』に会えてはいない。

それでもあの声が言う通り『会えていた』のだとしたら、それはどういう意味なのか。

「あっ、お兄ちゃん、スライムが……っ」

「おっ……あのスライムは好戦的だな。みんな、気を引き締めていこう」

赤く変化したスライム――他のプレイヤーに一発攻撃されて臨戦態勢《アクティブ》になったようだが、ライフは全《まった》く減っていない。そして仲間を呼んで三体にまで増えてしまった。

「あ、あの、私、スライムなら倒せちゃうっていうか……」

「私も練習したから大丈夫だと思う。倒してしまっても構わないですか？」

「いな……じゃなくて切羽ちゃん、すっごく頼もしいね。私も頑張っちゃおっと」

コトリは『ショートスピア』という短槍《たんそう》で、切羽は片手剣を使ってスライムに斬りかかる
——二人とも無属性の攻撃スキルを持っており、スライムに有効な攻撃ができている。

「お兄ちゃん、お願いっ……！」

「了解っ……！」

《レイトが強化魔法スキル『ウェポンルーン』を発動》

エアのウッドバトンを魔力が覆《おお》う——エアはスライムの迎撃を回避したあと、バトンを回転させてからスライムを打ち据えた。

《意地悪なスライム3体をレイト・パーティが討伐《とうばつ》》
《スライムのかけらを2個獲得》
《ネバネバの粘液を1個取得》

このスライムにもレアドロップは設定されており、それが『ネバネバの粘液』だ。換金アイテムとしてはそれほど価値はないが、錬金素材に使える。

「お疲れ様。もうこの辺りの敵は問題なさそうだな」

「お兄さん、魔法を使えるなんて凄《すご》いです。もう転職っていうのをしちゃったんですか？」

「俺は一応経験者だから、ある程度はね。まだ転職したわけじゃないよ」

「そうなんですね……あの、次モンスターに会ったら、私もさっきの魔法を使ってもらってもいいですか？」

「切羽ちゃんがお兄ちゃんの魔法かけてもらったら凄いことになりそうだね」

序盤はレベルが上がりやすいのでそこまで狩りに励《はげ》む必要はない。というか、ひとまず天導師《レベルマスター》のところに行って、今レベルを上げられるだけ上げてしまおう。

◆◇◆

天導師《レベルマスター》のいる『祝福の聖域』に向かうと、俺たち以外にもレベルを上げてもらいに来ているプレイヤーが多くいた。しかし順番待ちをすることもなく、ＮＰＣ《ノンプレイヤーキャラクター》は対応してくれる。

「地下道から無事に戻られて何よりです。あの場にいた『ラットエンペラー』のような強力な魔物は、これからも皆さんの前に立ちふさがることでしょう」

「えっ……あのクエストって、そんなのも出てくるんですか?」

「場合によっては、ってことかな。俺たちも討伐できたわけじゃない」

「強いモンスターからは逃げた方がいいこともあるんですね」

切羽とコトリも二人で天導師《レベルマスター》のクエストを受けたそうだが、その時は『ラットエンペラー』は出現《ポップ》しなかったとのことだ。

「私たちはこれからもあなたたちを見守っています。勇敢《ゆうかん》なる『星歩き』たちに、導きあれ」

天導師《レベルマスター》の女性が両手を合わせて祈る――すると頭上から光が降り注いできた。レベルアップのファンファーレが流れる。

レイト　男　レベル:5／100
ジョブ:経験者
HP:160／160
OP:140／140
筋力:78(F)
体力:88(F)+10
教養:114(E)

精神：１１４（Ｅ）
魔力：１００（Ｅ）
速さ：86（Ｆ）
魅力：86（Ｆ）－10
幸運：64（Ｆ）

通常スキル
攻撃魔法　ＬＶ１
回復魔法　ＬＶ１
強化魔法　ＬＶ１

装備スキル
ダッシュ（暴走猪の兜）

ＳＰスキル
絆《きずな》の輝き　ＬＶ１

残りスキルポイント：11

ステータスの上がり幅は小さいが、やはり俺の場合は『呪紋師《ルーンマギウス》』らしい上がり方をするらしい――転職前なので、使ったスキルが影響しているのだろうか。

俺は魔法系スキルを取らなくてもゲーム外で使える魔法は使えてしまうが、仕様とはいえチートじみているので今取れる魔法スキルは一応取っておいた。といっても、転職前ではレベル1しか取得できないので、まだポイントは余っている。

「お兄ちゃん、この『絆の輝き』っていうのは……」

「ああ、なんだろうなこれ」

「お兄ちゃんと私が仲良くなると、このレベルが上がっていくのかな？」

「そ、それは……ああそうか、『リンクブースト』を発動したからじゃないか？」

「ふーん……でもそれは、お兄ちゃんと私の息がぴったりってことだよね」

かなり食い下がってくるな、と思いはするが、凄く嬉しそうなので何も言えなくなる。

「エアちゃんたちはレベルいくつになった？　私たちは3だよ」

「私とお兄ちゃんは5になったよ。色々してるうちに経験が増えてたみたい」

あっけらかんと言うエアの隣で、なぜか切羽が赤くなっている――グラフィックに反映されるほどとは、リアルではどれだけ赤面しているのか。

「レベル５からは、このネオシティから旅立つ準備をする段階です。旅をするには騎乗する動物が必要ですから、一度ネオシティ外れの牧場に足を運んでみてください」

天導師《レベルマスター》がそう教えてくれたので、今日は牧場に向かってみることにする。ログイン初日に目にしたアルパカのような動物――パカパカに、今日中に乗ることを目標にしよう。

「そうなると、多少資金調達が必要だな」

「パカパカさんに乗るためにお金貯めるの？　よーし、スライムさん狩りまくるぞー」

地下道の魔物のほうが稼《かせ》ぎは大きいだろうが、ラットエンペラーが出る可能性があるので安全な狩り場を選ぶことにする。俺たちは四人連れ立って街の外に向かった。

◆◇◆

スライム狩りを十分ほどこなして素材を売ると、３０００ＧＰほどになった。武器以外の装備も買えるようになったが、そっちにお金を使うわけにはいかない。

牧場に向かうと、広大な草原に柵《さく》が作られ、その中でパカパカが放し飼いにされていた。牧場職員の中年女性がやってきて、説明を始めてくれる。

「パカパカはそれほど足が速くはありませんが、二人乗りが可能で荷物を積むこともできます。行商などを始めるには二頭は購入されることをおすすめしますが、移動のためだけに使うのであれば一日単位でお貸しできます」

プレイヤーの数を考えるとパカパカも膨大《ぼうだい》な数が必要になりそうなところだが、そこはゲームということで、目に見えているパカパカが全てではなく、購入するとその場に出現《ポップ》するようだ。

俺がプレイしていた『旧アストラルボーダー』においては、騎乗動物の数が限られており、パカパカが魔物に狙われてしまうこともあった。そのため、冒険を進めるにつれて強力な騎乗動物に乗り換える必要があった——アズラース戦前まで乗っていた重騎竜《じゅうきりゅう》は無事でいるだろうか。

しかし、さっきから悲鳴のような声が牧場のあちこちから聞こえてきている。エアも勿論《もちろん》気にしていて、俺に耳打ちしてきた。

「お兄ちゃん、パカパカさんって……意外に気性が荒くない？」

「パカパカに乗るためだけに『騎乗』スキルを取る必要があるくらいだから。コツをつかめば必要はないけどな」

「お客様は『騎乗スキル』を取得されますか？　取得には５００ＧＰが必要になります」

ここで取得できるのは『騎乗スキルレベル１』なので、取得費用も少ない。しかしこれが罠《わな》で、取得したあとにスキルポイントを振ってレベルを上げると、本当に必要な戦闘系スキルに振るポイントが足りなくなる。

「……というわけだから、乗るのが難しい場合は取った方がいい。振り落とされるとダメージを受けるからな」

　実際に振り落とされているプレイヤーを見て、三人の意見は一致したようだった。１５００ＧＰを払って騎乗スキルを取得する。

「お兄ちゃんはどうするの？」

「俺は慣れてるから大丈夫。一番元気がいいパカパカに乗ってみたいんですが」

「かしこまりましたお客様、こちらになります」

　パカパカの値段は同じだが、一頭ごとに個体差がある。一番いいパカパカ——見るからに目つきが悪い——は、のんびりと草を食《は》んでいた。

「……メェ～」

「鳴き声はヤギみたい……それとも羊さん？」

「えっと、たぶんアルパカじゃないかな」

「っ……すごい目で睨《にら》まれちゃった……夢に見そう」

　三人娘がかしましくするのはいいが、なんとも緊張感がない——と、別に俺も緊張しているわけではないのだが。

　目つきの悪いパカパカに近づいていく。遠巻きに見ているプレイヤーが「おいおい、死んだぞアイツ」と言っているが気にはしない。

「ちょっと乗せてもらえるか」

「――メェッ……⁉」

ゲームの都合上ではあるが、全てのパカパカは鞍《くら》をつけている。俺は間合いを測って一気に飛び、パカパカの鞍にまたがった。

驚いたように上半身を起こすパカパカだが、首についている輪っかに手をかけてバランスを取り、首の横側を軽く叩く。

「……メェ～」

《レイトがパカパカの騎乗に成功　騎乗難易度：3》
《騎乗スキルなしでの騎乗に成功したため、特別経験値を取得しました》

「よし、上手《うま》くいったな……ん？」

「お兄ちゃん、乗馬なんてやったことあるの⁉」

「すごいですお兄さんっ、ほんと、えっと……か、かっこいいです……！」

「レイトさん、本当になんでも出来ちゃうんですね……」

本当を言うと『旧アストラルボーダー』にはもっと騎乗が簡単な動物がいて、それで慣らしてから乗れるようにしたというだけだ。

重騎竜の騎乗難易度は10だが、段階を踏めばスキルなしでも乗れる。しかしこの『ゲーム』

であるアストラルボーダーにおいては、そこまでしてスキルポイントを節約する必要がない。

「――きゃぁぁぁっ……！」

パカパカに振り落とされるプレイヤーの声は時々聞こえていたが、一際《ひときわ》大きな悲鳴が響く。

（あれだけ高く飛ばされたら、落下ダメージが……！）

他のプレイヤーも難易度の高いパカパカに挑んだようだが、乗りこなせず飛ばされている
――それを目にした瞬間、俺は自分のパカパカを走らせていた。

《レイトが強化魔法スキル『スピードルーン』を発動》

強化魔法による加速だけでは足りない。さすがに見てからでは反応が遅すぎる。

間に合わない、そう思考する前に、俺は見たばかりの自分のステータスを思い出していた。

（騎乗時に使えるかどうか……いや、考えてる場合じゃない！）

《レイトが装備スキル『ダッシュ』を発動》

『暴走猪《ぼうそういのしし》の兜《かぶと》』についている装備スキル『ダッシュ』。本来なら自分の足で走るときに使うスキルだろう、それは俺も分かっている。

「うぉ……おぉぉぉっ……！」

「メェエ────ッ……‼」

だが不発になるはずの『ダッシュ』を発動させた瞬間、流れる風景の速度が変化した。

「っ……‼」

「ひゃっ……！」

なんとか間に合った──絶対に届かないと思われた距離を俺とパカパカは一瞬で駆け抜けて、落下してきた女性を受け止めることができた。

「あ、えっ……わ、私、生きてる……あ、あれ？　レイト君？」

「え……」

受け止めた女性──というか女の子は、フレンド登録をしたサツキだった。

パカパカに乗ったまま、俺はサツキを抱きとめたままでどうしたものかと考える。方向を変えて戻ってくると、エアたちが何事かという様子で待ち構えていた。

3　再会の約束

パカパカから降りてサツキを下ろすと、彼女は恥ずかしそうに照れ笑いをする。

「あはは……ごめんレイト君、また助けられちゃったね。でもなんだか凄《すご》い動きしてなかっ

た？」

「えーと……俺も良く分かってないんだけど、想定外の挙動が起きたっぽいな」

「それってバグが起きたってことですか？　加速バグとか……」

「そうかもしれない。一応、原因に心当たりはあるから運営に問い合わせておくよ」

騎乗状態で『ダッシュ』を使うと、騎乗状態の速度増加に加えて『ダッシュ』の加速が適用されるということか。それがバグなのかは問い合わせないと分からないが。

「お兄ちゃん、ワープしてるみたいだったよ。加速バグって、すごいスピードで移動してたっていうこと？」

「俺の体感ではそんな感じだったな」

「お兄さんが秘密のパワーを使ったのかもしれないですよね、なんていってもお兄さんですからっ」

「バグでも凄いです、人助けのためにバグを起こしちゃうなんて」

コトリと切羽は俺を持ち上げすぎてしまう傾向にあるので、抑えてもらうよう後でお願いした方が良いかもしれない。

「初めまして、私はサツキって言います」

「あっ……初めまして、コトリと言います。エアちゃんの友達です」

「私もエアの友達で、切羽です」

「よろしくー。私はレイト君たちに、危ないところを助けてもらって。それも何かの縁ってことで、フレンド登録してもらったの」

「そうそう、お兄ちゃんって放っておくと女の子と知り合っちゃうから。だからこうして私がついてないと」

「あ、あのな……」

強く否定もできない俺を見て、四人が仕方のない人という感じで笑っている。なんというか、俺のイメージがどんどん偏《かたよ》っていく気がしてならない。

「えーと、サツキ。パカパカに乗るなら、騎乗スキルは取った方がいいかもな」

「あ、ううん……ちょっと試してみたかっただけだから。まさかあんなに飛ばされるとは思わなかったけど」

「それもバグかもな。振り落とされるときの物理演算が変なのかもしれない」

「そうなの？　でも凄いよねこのゲーム、落ちる時の感じもリアルで。絶叫アトラクションより怖いんじゃないかってくらい」

サツキは明るく話しているが、どこか寂しそうに見える。


――ちょっと、このゲームで探してるものがあって。

――話すと重くなっちゃうから、詳しくは言えないんだけど。ごめんね。

彼女が言っていたことが脳裏《のうり》を過《よぎ》る。

探しものをするためには、このゲームの攻略を進めるべきではないのか。『ちょっと試したかっただけ』とは言うが、騎乗動物を乗りこなすことはこのゲームにおいて必須《ひっす》に近い。

「じゃあ……レイト君、今日は本当にありがとう。私、そろそろ……」

サツキが立ち去ろうとする。普通なら引き止めるべきではない——平日の夜にログインしているのだから、時間は限られている。

それでも、この胸の引っ掛かりをそのままにしておきたくはなかった。

「サツキ、少しだけ話をさせてくれないか。時間は取らせないから」

「えっ……私と？」

「お兄ちゃん、何か相談事？　それじゃ、私たちはパカパカに乗ってみるね」

「お兄さん、また後でですっ」

「レイト、またね」

だんだん切羽の態度がフランクになってきている——と、そんな三人を見てサツキは微笑《ほほえ》んでいたが、こちらを見ると肩をすくめるエモートを出す。

「レイト君、そうやって色んな人に優しくしてるんでしょ」

「優しいというか……引き止めたのは、俺の勝手だから。申し訳ないと思ってる」

「ううん、ありがと。私、しばらくログインできなくなると思うんだ」

「え……？」

「このゲームしてると、お母さんが心配するんだよね。なんだか良くない気がするって……そう言われちゃうと、私も弱くて。なんとなくでこのゲーム続けてていいのかなって」

　このゲームをしない方がいいのかもしれない。それは、俺も一度は考えたことだ。

　デスゲームだったアストラルボーダーからログアウトできたのに、もう一度このゲームをプレイする。そこにリスクを感じないわけがない――たとえ、『今の』このゲームがただ人を楽しませるために作られたものでも。

「レイト君とエアちゃんに助けてもらって、今日も本当はコールしようかと思ったんだけどね。一回会っただけでそんなに頼るのって、どうかなって思ったりして……」

「そんなことはないよ。初めて会った人と何回かパーティを組んで、そのまま長い縁になることだってある」

　性分なのか、どうしても真面目《まじめ》な言い方になってしまう。重いと思われないだろうか――というのは杞憂《きゆう》だった。

「私ももう一度戻ってきたいな。そうしたら、今度はレイト君のパーティに入れてほしい」

「……ああ。俺たちも当分は続けるから、いつでも連絡してくれ」

「ありがと」

短い返事だった。背を向けて、泣いているようにも見えたサツキは――振り返ったときには笑っていた。

「ごめん、なんか湿っぽくなっちゃって。どういう情緒《じょうちょ》って思うよね」

「何か、探しものがあるって言ってたから……本当は、プレイを続けたい。そう思ってるってことなのかな」

「うん……ゲームって、楽しむためにするものなのにね。何かを探したいからなんて、ほんとは自分でも変だと思う……でも、そういう気持ちがどうしても消えない」

俺も同じだ。このゲームに、仲間たちの手がかりを求めている。

サツキも何かを探しているなら、協力することだって――いや、俺の目的には彼女を巻き込むことはできない。俺が経験したデスゲームの恐怖は、俺の中だけに留めなくてはならない。

「それじゃ、私行くね。エアちゃんたちによろしく」

「ああ。今度は俺たちで準備しておくから、何か一緒にクエストでもやろう」

「あのラットエンペラーにリベンジっていうのもいいかもね……なんてね」

サツキは笑顔で手を振り、ログアウトする。

いつか彼女がもう一度ログインするといっても、その機会が訪れないこともある――だが、そうと決まったわけじゃない。

「お兄ちゃーん、乗り心地いいよー。ちょっとこのままお散歩しない？」

「ああ、そうだな」

「メェ～」

　さっき俺を乗せてくれた目つきの悪いパカパカがこちらにやってくる。どうやら懐かれたということでいいのだろうか、俺をじっと見たまま尻尾《しっぽ》を振っている。

「試乗されたパカパカをそのまま購入されますか？　お値段は１０００ＧＰになります」

「今の持ち合わせだと二頭分か。とりあえず二人乗りで、あとで騎乗動物を買い足すことにしよう」

《購入した騎乗動物の名称を設定しますか？　ランダム設定も可能です》

「名前はどうする？」

「えっと……どうする？　私、こういうのすぐ出てこなくて」

　エアが困った顔をするが、コトリと切羽も悩ましそうだ。少し考えてから三人が出したのは『マカロン』『ショコラ』という名前だった。

「よろしくね、マカロン」

「メェ～」

「あっ、返事してるみたいです。お兄さんを背中に乗せたので、人懐っこくなったんでしょうか」

そんなシステムがあるのか分からないが、目つきの悪いパカパカ改めマカロンは、エアたちに撫《な》でられてされるがままでいる。

「それじゃ、一旦街に戻るか。エアは俺の後ろに乗るか？」

「じゃあジャンケンで決めよっか」

「えっ……い、いいの？　エアちゃん」

「エアがそう言ってくれるなら、私もやぶさかじゃないかな……」

三人が数回あいこをしたのちに、エアが勝って俺の後ろに乗ることになった。

「あっ……そ、そっか、フレンド登録をしてると接触判定っていうのがあるんだ……」

「しっかり摑《つか》まった方がいいぞ、油断して落馬するとダメージがあるからな」

パカパカに乗るときもそう言うのかは分からないが、常歩《なみあし》でネオシティに戻っていく。

「お兄ちゃん、ほんとに上手《じょうず》……スキルなしでも上級者って感じだね」

「乗馬経験者ならいけるんじゃないか？」

「レ、レイト、ちょっと待って……っ」

「ん？　もう少しゆっくりにするか」

普通に走らせているつもりが、思ったよりスピードが出てしまう。ＶＲＭＭＯの操作においては、やはり俺は人よりは慣れていると思った方が良いようだ。

～某掲示板《ぼう》　22：33～

258：ＶＲ世界の名無しさん
すみません、このスレって質問いいですか？

261：ＶＲ世界の名無しさん
質問タイムは＞＞950からだよ

264：258
失礼しました

269：ＶＲ世界の名無しさん
＞＞258が美少女だったら答えてあげるよ

275：258
＞＞269

パカパカ牧場で見たんですけど
騎乗してワープするやり方ってあるんですか？
278：VR世界の名無しさん
俺以外にもこのスレに美少女がいたのかよ
283：VR世界の名無しさん
＞＞278
＞＞278
286：VR世界の名無しさん
騎乗してワープ？
降りてからワープポータル出したとかじゃなくて？
291：VR世界の名無しさん
ポタ出せるレベルのソーサラーってもういるの？

２９４：２５８
パカパカに振り落とされてる女の人がいて
それを猪のマスクを被《かぶ》った人がワープして助けてました

２９７：ＶＲ世界の名無しさん
＞＞２９４
バカモン、そいつがルパンだ

３０１：ＶＲ世界の名無しさん
猪ってもしかして猪のこと？

３０８：ＶＲ世界の名無しさん
結構バグ報告あがってきてるし
それもバグなんじゃね？

３１４：ＶＲ世界の名無しさん
＞＞２９４

もうちょっと詳しく
猪はどういう状況だったん？
なんかスキル使ってた？

322：258（美少女）
パカパカに乗って何かスキル使ってました
なんのスキルかは分かりません

332：ＶＲ世界の名無しさん
（美少女）

338：ＶＲ世界の名無しさん
ＭＶＰドロップの装備って装備スキルあるけど
あれをパカパカに乗って使うとワープするとか？

344：ＶＲ世界の名無しさん
うぉぉぉ

検証しようにもＭＶＰ取れねえ
猪装備って何とトレードできる？

３４８：ＶＲ世界の名無しさん
＞＞３４４
ＭＶＰ品で交換できるんじゃね？

３５１：ＶＲ世界の名無しさん
俺のフレンドも猪マスク持ってるけど
パカパカ乗ってもワープできない
騎乗してダッシュ発動したらワープではなさそう

３５８：ＶＲ世界の名無しさん
また猪の話してる

３６７：スネーク
＞＞３５８

今日は連れてる女の子が三人に増えてたよ

375：ＶＲ世界の名無しさん
ＶＶ367
実は猪も女の子だったりしない？

382：ＶＲ世界の名無しさん
猪美少女説

388：ＶＲ世界の名無しさん
女子パーティなら許す

393：ＶＲ世界の名無しさん
猪ってお兄ちゃんって呼ばれてたんじゃなかった？

398：ＶＲ世界の名無しさん
百合《ゆり》の間に挟まる猪

４　夜の定時連絡

《正常にログアウトを完了しました　お疲れ様でした》

「……ふう」

「はぁー、みんなお疲れ様。ＶＲＭＭＯって、やってるとほんとに身体《からだ》動かしたみたいになるよね」

「うん、ちょっと汗かいちゃったかも……」

「コトリ……じゃなくて、紗鳥。お兄さんの前でパタパタしないの」

小平さんが慌てて胸元を直す――が、俺はもちろんそちらを見すぎないようにしていた。

俺自身、ゲームに入るとまだ身体に力が入ってしまっているようで、安堵《あんど》すると共に疲労を感じる。集中している時は全《まった》く感じないのだが。

「もう一回お風呂入っちゃおっか。お兄ちゃん、入ってきていい？」

「ああ、別に遠慮《えんりょ》しなくていいぞ」

「ありがとうございます、お兄さん」

「どういたしまして。じゃあ小平さんと長瀬さん、俺はこれで……」

ダイブビジョンを持ってリビングを出ようとすると、後ろから服の裾《すそ》を引かれた。

「お兄ちゃん、二人がね、そんなに堅い感じじゃなくていいって」

「あ、ああ。じゃあ、ええと……紗鳥さんと稲穂さんって呼べばいいのかな」

「あっ、その……呼び捨てでいいです。呼び捨てで大丈夫ですっ」

「私も呼び捨てでいいです。今日、凄《すご》く楽しかったです……！」

初めは三人の中ではクールに見えた長瀬さん――稲穂だが、今はテンションが上がっているようだ。

「……楽しかった……か」

三人がリビングを出ていったあと、一人残った後で言葉にする。


――何かを探したいからなんて、ほんとは自分でも変だと思う。

――でも、そういう気持ちがどうしても消えない。


サツキもまた、このゲームをただ純粋に楽しむために始めたわけではなかった。

俺は仲間と再会するための手がかりを得るため。今回のログインでは情報を得られたわけでもなく、本当にただプレイしただけだ。

これで本当にいいのか。前回聞こえたあの声を、もう一度聞くことができれば。

「……おにーちゃん」

「っ……な、なんだ、英愛か」

いきなり後ろから目隠しされる。英愛はすぐ外してくれたが、少し心配そうな顔をしていた。

「……お兄ちゃんも一緒に入りたかった？」

「あの二人が聞いたら要らない心配をかけるだろ……控えめにしなさい」

「あ、ちょっと元気出た。お兄ちゃんって叱《しか》り方可愛《かわい》いよね」

「かっ……あのなぁ」

浴室の方から呼ぶ声が聞こえて、英愛は軽やかに走っていく。

俺には存在しなかったはずの妹。違和感を忘れたように受け入れているのは、本当なら異常なことなのかもしれない――それでも。

この家に英愛がいなくて、俺一人だったら。そんなことは、もう想像することもできなくなっている。

「……うわっ」

ふと足元に目をやって、何か布切れのようなものが落ちていることに気づく。俺をからかうことに気を取られすぎたのか、妹が大事なものを落としていた――というか、下着をドロップした妹に対してどうすればいいのか、対応力を問われるところだ。

◆◇◆

部屋に戻ってしばらくすると、ブレイサーを通じて雪理から連絡があった。通話したいとのことなので、スマートフォンで電話をする。

『妹さんのお友達が泊まりに来てるのね。お兄さんも大変ね』

「俺が何もしなくてもみんなしっかりしてるから。こっちが助けられてるくらいだよ」

『……私もバディとして、助けが欲しいときは言ってほしいのだけど』

「あ、ありがとう……まあ、こっちはおおむねいつも通りだよ。雪理、話っていうのは？」

『さっき連絡があって、水澄《みすみ》さんは無事に家に戻れたそうよ。私たちに挨拶《あいさつ》をしたいと言ってくれたみたい』

「良かった。後に響いたりしないといいんだけどな」

予期しない転移をして、水棲獣《すいせいじゅう》のデーモンに追い詰められた。あんな状況を経験したら、特異領域に入ること自体がトラウマになってしまわないだろうか。

『討伐科《とうばつか》に入る人は、みんな覚悟をして来ているわ。だから、彼女も簡単に諦めたりはしないと思う……希望的観測かもしれないけれど』

「……覚悟か。みんな、目的があって来てるんだよな」

『玲人は今でも、多くの人を助ける力を持っているわ。今も学園にいてくれることに感謝したいくらい……』

高校に行くことを、俺は一度諦めていた。『アストラルボーダー』の中で俺が体感した時間は、三年――それが、ログアウトした現実ではたったの三日でしかなかった。

何かがおかしい、ズレている。そう思うよりも、この現実で『呪紋師《ルーンマギウス》』であり続けているのなら、やらなければならないことがあると感じている。

「学生のままでも、魔物を倒すことはできるからな。もし必要なら、魔物を倒しに遠征することもあるかもしれないけど」

『そうね……あなたは討伐隊にもうその力を見出《みいだ》されている。私があなたと一緒に行くには、もっと頑張らないといけない』

「雪理は強いよ。焦らなくてもいい、経験を積めばもっと強くなる」

『期待に応えられるように努めないとね。黒栖さんがあなたの右腕なら、私は左腕にならないと』

バディが二人というと、そういうことになるのだろうか。いや、バディは対等な関係だから右腕とか左腕とかではなく――何か恥ずかしいことを言ってしまいそうで、迂闊《うかつ》に喋《しゃべ》れなくなる。

『明日の放課後が楽しみ……なんて、訓練なのに緊張感がないのはよくないわね』

「俺も楽しみにしてるよ。とりあえず授業を切り抜けないとな」

『玲人が授業でどんなふうなのか、一緒のクラスで見られたら……それはないものねだりと分かっているのだけど』

「討伐科の授業も気になるけど、そこはそれぞれ頑張らないとな」

『ええ。あなたのクラスでの様子は、黒栖さんに教えてもらうことにするわね』

雪理と黒栖さんは、俺の知らないところでも友情が固くなっている気がする――もちろんそれは悪いことではないが。

『ウィステリアさんはもう少し静養が必要だから、様子を見て会いに行きましょう。じゃあ、また明日……おやすみなさい、玲人』

「ああ、おやすみ。雪理」

通話を終える。雪理の声は心地よく、ずっと聞いていたくなる――と、余韻《よいん》に浸ってばかりではいけない。

ひとまず、出されていた座学の課題に手をつけるが、現状どの科目も解いていて詰まるということがなく、すぐに済ませられそうだった。『教養』の数値が１０００を超えていることによる影響としたら、当面は困ることはなさそうだ。

「……ん？」

《黒栖恋詠《こよみ》様より通信が入っております》

これは——もしかして俺にこの世の春が来ているのでは、なんて浮かれていたら怒られてしまう。黒栖さんも話したいことがあって連絡してきてくれたのだろう。

『あっ、も、もしもし……すみません、夜分遅くに』

「ああ、大丈夫だよ。今は課題が一息ついたところだけど」

『玲人さんは凄いですね、今日も色々あったのにちゃんと課題をしていて……魔物と戦うようなことがあった日は、課題が免除されるみたいですけど』

「そうなのか。まあ、そんなに疲れてるわけじゃないからやっておこうと思って」

『私もやってあるので、その……寝る前に電話したいなって……す、すみません。そんな、思いつきみたいに……』

「嬉しいよ。どんな用でも電話してもらえるのは」

『っ……嬉しい……玲人さんが……』

電話の向こうで物凄く感激しているというのが伝わってきて、さすがに照れてしまう。

『あの、交流戦のことなんですけど……私はどんな準備をしておいたらいいんでしょうか。皆さん役割がはっきりしているので、少しでも足を引っ張らないようにと……』

「二つの班と俺たち二人で、三つに分かれて行動することになる。そうすると、俺と二人で行動してたときと基本的には変わらないと思うけど……相手からスコアを奪取するには、状況に応じて作戦を立てる必要があると思う」

『作戦……相手の選手を見つけて、どうスコアを取るかということですね。こちらはできるだけ攻撃されずに』

「俺もそう思う。黒栖さん、サバイバルゲームって知ってるかな。交流戦の内容はまさしくそういう感じなんだけど」

『は、はい、やったことはありませんが、そういうものがあるのは知っています』

そういうことなら話はしやすい。そして黒栖さんは、交流戦で通用するスキルを持っている。

「相手の裏を取る、あるいは横を突く……それができればこちらが有利になる。黒栖さんは転身すると足音を消すことができるから、それは切り札になると思うよ」

『私のスキルが、切り札……が、頑張りますっ……！』

「こっちのチームにガンナーがいるように、敵にも遠距離攻撃担当がいると思う。俺も遠くの敵を狙うことはできるけど、障害物が多いと絶対に当たるとは限らない」

だからといって障害物を吹き飛ばすほどの出力を出すことはできない。『リミッターリング』でもダメージゼロとはいかないかもしれないからだ。

もちろん力を抑えすぎて負けても意味がないので、その辺りのバランスは試合中に探っていくことになる。チーム戦では仲間を頼るべきで、一人で全てをやろうとする必要はない。

——レイトは一人で攻略できるようにビルドを考えてきたんだね。

——レイトがいると、私たち三人とも助けられてる。なんでもできるから。

——回復は私に任せてくださいね、レイトさんにはゆっくり休んでほしいので。


『私も……そ、その、玲人さんのバディとして、少しでもお役に立ちたいので……どんなことでも、遠慮《えんりょ》なく言ってください』

「っ……ありがとう。けど、バディっていうのは対等なものだと思うから。俺に頼ってくれていいし、俺も黒栖さんを頼るよ」

『っ……はい。いつでもお待ちしてます、本当に……その、購買でパンを買ってきてとか、そういうことでも……』

「そんなパシリみたいな……そこはむしろ俺が行かせてもらうよ」

『そそそんなっ、恐れ多いですっ、私なんていつも……い、いえ……』

「いつも助けられてるよ。黒栖さんがいなかったら、教室に行くのも味気ないだろうし……あいや、不真面目《ふまじめ》な感じに聞こえるかもだけど」

『……ふふっ。分かってます、玲人さんが誠実な人だっていうことは』

「ど、どうかな……」

こう見えて結構雑念が多い――なんていうのは、胸に留めておくべきだ。黒栖さんの転身を見るとロマンを感じるとかも。

『明日もよろしくお願いします』

「こちらこそよろしく。それじゃ、また明日」

通話を終えたあと、なんとなく机の上に置かれたブレイサーを見やる――そんなわけもないのだが、ＡＩのイズミが何か言いたげというか、そんな気がする。

『僭越《せんえつ》ですが、玲人様に進言したいことがございます』

「っ……俺の勘も捨てたもんじゃないな」

『折倉雪理様、黒栖恋詠と通話されている間、玲人様の心拍数が平均して10％上昇していました』

「そ、そんなにか……俺、早口になったりしてなかったか」

『スピーチの速度に変化はありませんでした。会話中、折倉様と黒栖様に対して感情バイオリズムに差異が少々ございましたが、解析しても……』

「そんなことまで出来るのか……」

『解析してもよろしいですか？』

「いや、それはちょっと恥ずかしいな」

『かしこまりました。もし必要であればいつでもお申し付けください、折倉様と黒栖様の感情バイオリズムについても解析可能です』

「それは俺を解析するよりしちゃだめだ。相手によってはお願いすることはあるかもしれないけど」

『ネゴシエートの補助情報として利用されるということでしょうか』

「まあそうだな。交渉《ネゴシエート》をするような場面があったら、解析をお願いするよ」

感情バイオリズムというのがどういうものか分からないので、試しに聞いてみても良かったかもしれないが——何か地雷を踏んでしまいそうな、そんな気がする。雪理と黒栖さんが実は俺を嫌っている、ということはないと信じたいが。

『そちらの心配はございません、お二人は玲人様と会話している間、音声波形解析によると好感が常に高い値で保たれており、大きく心拍数が増加する瞬間も——』

「わ、分かったイズミ、それはもういい。会話については分析はいいけど、俺に教えなくていいからな」

『…………かしこまりました』

すぐに返事をしないＡＩ——もしかして拗《す》ねているのだろうか。俺のことを思ってサポートしようとしてくれているなら、邪険にはできない。

「それにしても、声で好感とか分かるものなんだな」

『玲人様はお気づきではありませんでしたか？』

「二人の機嫌は悪くないと思って話していたけど、それは俺からの印象だから」

『……玲人様は、もう少しご自分の評価をパラメーターに近づけられるべきかと思います』

「自信を持てってことか。元来の性格はなかなか変わらないな」

『私は玲人様の実力と、これまでに出されてきた成果を全て知っておりますので』

「まあ、ゲームでのステータスがそのままだから出来ることが多いってだけだよ。自分だけ二周目みたいな感じで学園生活をやれてるってのは、やっぱりチートじみてるんだろうな」

『玲人様が経験されたこと、その結果が反映されているのですから、チートではありません』

「……イズミ、コネクターのＡＩって、みんなそんなふうに所有者を肯定してくれるものなのかな」

『ＡＩには個体差がございますので、私はこういった思考《スタイル》であるということになります』

何か、イズミの方が俺より大人というか、そんな受け答えをされている感じだ。

『……いかがなさいましたか？』

「いや。前は、ＡＩの受け答えが苦手だったんだけど……イズミのおかげで、そういう意識を変えてもらえた」

『私は玲人様のサポートを務められていますでしょうか』

「それこそ謙虚すぎるな。イズミがいるといないとでは、この世界の難易度は大きく違うと思う……なんて、ゲームじゃないけどさ」

『玲人様がゲームをされている間は干渉《かんしょう》しないようにしておりますが、通信が入った際などはご容赦《ようしゃ》ください』

「ありがとう、気を遣ってもらって。じゃあ寝る準備でもするか」

『歯磨《はみが》きはされましたか？　明日の荷物について復唱いたしましょうか』

急に家庭的になったというか、世話焼きなお姉さんのようだ。初めの頃と受け答えが変化しているのは、ＡＩの学習が進んでいるからだろうか。

部屋を出て階下に降りると、英愛たちが深夜アニメを見ていた。こういうのもお泊まりの楽しみということだろうし、邪魔をすることもない。

「お兄ちゃん、勉強お疲れ様。ねえねえ、一緒に見ない？　次に始まるやつもすっごく面白いんだよ」

「ん？　俺がいたら邪魔にならないか」

「お兄さんは戦う女の子って好きじゃないですか？」

「全《まった》く嫌いじゃないけど、終盤からいきなり見ると復習が大変そうだな」

「あはは、お兄さんもう乗り気じゃないですかー。布教成功だね、二人とも」

「ちょっとえっちなシーンもあるけど、お兄ちゃん逃げちゃだめだよ？」

「ほう……って、それを気にするのはそっちじゃないのか？」

アニメに関してはある程度割り切りができているということか、紗鳥も稲穂も気にしていないようだ——妹たち三人と深夜アニメを見るという状況自体、何をしているのかと思わなくもないが。

第二章　広がる人脈　認められる能力

1　希少素材

学校に向かう妹たちを途中まで送ったあと、俺も登校してきて駐輪場にクロスバイクを停める。

「おはよう、神崎《かんざき》君」

灰色の髪の、スーツ姿の男性——灰島《はいしま》先生が、教室に向かう途中で声をかけてきた。

「昨日の活躍については聞かせてもらったよ」

「おはようございます、灰島先生。俺も先生に聞きたいことがあるんですが……」

「水棲獣《すいせいじゅう》のデーモン……Cランクに相当するような魔物が、Fランクの特異領域《ゾーン》になぜ出現したか。それについては、前回の同時多発現出の影響も考えられる」

「ああいった現象のあとは、特異領域《ゾーン》の内部にも影響が出るっていうことですか」

「経験則にはなるが、そういうことだね。ただ、昨日の場合はもう一つ特殊な要素があった……転移のトラップが仕掛けられたトレジャー、あれもFランクでは発見されないものだ」

「まるで水澄《みすみ》さんを罠《わな》でデーモンのいる場所に送り込んだような、そんな悪意じみたものを感じました」

「トレジャーに罠があること自体は珍しくないし、それを解除することを専門とする職業もある。考えられるのは、あのデーモンが出現すると同時に、人間をおびき寄せるためにトレジャーも同時に作られたんじゃないかってことだ。そういうことならトレジャーのランクがＤであることも説明がつく」

「Ｃランクの魔物が落とすトレジャーは、Ｃランクかそれより下だから……ですね」

「そうだ。あのデーモンとトレジャーが異物として存在していた。君があの場にいてくれなければ犠牲者《ぎせいしゃ》が出ていたかもしれない……改めて感謝するよ」

灰島先生は、同時多発現出が既存の特異領域《ゾーン》に影響を与えると知っていた――ならば、学園の管理している三つのゾーンは全て調査する必要があったはずだ。

「あのデーモンに対処できる人は、学生では限られていると思います。俺が居合わせたのはむしろ良かったと思いますが……灰島先生、昨日はどうされてたんですか？」

「僕は他の特異領域《ゾーン》……『市街』の方に入っていてね。そちらの方では、僕の目に映る範囲では異状はなかった。調査を終えて出てきた後に、水澄苗《なえ》さんの件を知ったんだ」

「そうだったんですね」

「魔物の分布がいつもと変わっていたりはしたが、デーモンのような脅《きょう》威《い》はなかった。Ａ級討伐者《バスター》といってもそういった勘は働かなくてね……不覚だよ」

「俺たちが『洞窟《どうくつ》』に入ったのも偶然でしたから。あのタイミングでなかったらと思うとゾッとします」

「水棲獣のデーモンだけど、骨がそのまま素材として残るのは珍しい。魔物は遺骸《いがい》を残すことがあまりないからね。人間に利をもたらさないように消滅するとも言われている」

「基本的には消えるみたいですが、『竜骨《りゅうこつ》』とかは残ることがありますね」

「学生がそのレベルの素材の話をするっていうのは、それ自体が飛び抜けたことなんだけどね。ファクトリーでは君たちの持ち込む素材が心待ちにされているよ」

こちらとしても、素材を加工してもらわなければ使えないのでファクトリーとは持ちつ持たれつだ。

「水棲獣素材は属性がつくだろうから、普段使いには注意した方が良いかもしれないな。水属性に強い魔物もいる……神崎君には釈迦《しゃか》に説法《せっぽう》かな」

「交流戦に使う装備を強化したかったんですが、とりあえず初戦は属性をつけない方が良さそうですね」

「ああ、もうそんな時期か。初戦の相手はどこだい？」

「響林館《きょうりんかん》学園です。交流戦で好成績をおさめると、討伐隊の合同作戦に参加できるっていう話ですが……」

「……なるほど、そういうことか。これを聞くのは野暮《やぼ》だけど、綾瀬《あやせ》さんと連絡が取れるようになっても、交流戦に出る必要はあるのかい？」

「交流戦に出たい目的は他にもあります。それと、試合で結果を出せば俺一人だけじゃなく、他のメンバーも合同作戦に参加できるようになるというのもあります」

「仲間を引き上げたいと、そういうことか。討伐隊に入ることを目標にしてくれるのは、とても嬉しいことだが……」

「魔物と戦うことには危険が伴《ともな》います。灰島先生は、それを仕事にすることを心配してくれているんですね」

灰島先生は、いつも浮かべている微笑《ほほえ》みを崩さないままだ――だが、どこかその表情に陰りが見える。

「討伐者を育成する総合学園……討伐科の定員は二百名。そのうちで実力のある者を選抜しても、討伐隊の任務は過酷《かこく》だ。多くの退役者が出る……死者も」

「……俺たちの知らないところでも、激しい戦いが起きているんですね」

「ニュースでは報道されない。市民に隠しようもないような広域現出は、君たちの目にも留まるだろう。しかしＢ級以上の討伐者《バスター》が参加する作戦については秘匿《ひとく》されている」

「個人が魔物を討伐して得られるのは、Ｃ級討伐までの参加資格……そう聞きました」

「君はすでにＢランクのユニーク個体を討伐している。それは僕と同じ、Ａランクにおいても戦闘に参加できる実力を有しているということだ」

「今のシステムでは、討伐隊の要請を受けてAランクの魔物を倒して、Aランク討伐参加資格が公式に得られるということですよね」

「討伐隊でもごく一部しか得られない資格だ。綾瀬さんは、君を朱鷺崎《ときさき》市防衛の切り札とまで考えている。討伐隊の隊長が直々に会いに来るというのはそういうことだ」

切り札――俺にそう伝えることに、灰島先生は多少なりと引け目を感じているようだった。

だが、俺は特に動じてもいなければ、プレッシャーを感じてもいない。心を落ち着けるために『リラクルーン』を使ったりするまでもない。

「俺で良ければいつでも呼んでください。魔物を倒すことに関しては、その……得意というか、慣れているところもあるので」

「……大物と分かってはいたが、ここまで落ち着いていると僕の方が教えを請《こ》いたくなるね。教師の立場で言うのもなんだけど、君とは教え子というより、個人として共闘してみたい」

「俺も灰島先生の戦いが見てみたいです。勉強させてもらうつもりで」

「なかなかプレッシャーがかかることを言ってくれるね……と、それはいい。神崎君、君が昨日見つけた宝石の鉱床《こうしょう》だけど、かなりの騒ぎになっているよ」

「騒ぎ……ですか？」

灰島先生は親指と人差し指で丸を作る。どういうことなのかわからず、俺は当惑するしかない。

「ときどき特異領域《ゾーン》では高額のつく資源……いわば財宝が見つかるんだけど、君が見つけたのはまさにそれだよ。『クオリア』というやつだ」

「……クオリア？」

俺がこの現実でこれまでに見つけた素材――『ジェム』などは、旧アストラルボーダーでも存在していたものだ。だが『クオリア』は聞いたことがない。

「クオリアというのは言葉で表現できない『感じ』を指す言葉だけど、この場合は特異領域《ゾーン》で手に入れられる特殊な物質の名称を指している」

「特殊な物質……錬魔石《れんませき》やジェムもそうなんじゃないですか？」

「それらは解析が進んでいるから、汎用《はんよう》素材といえるね。クオリアはそれらよりずっと希少なものだ」

「一見して、俺が見たことのある宝石も多くありました。その中に見たことのないものが混ざってたってことですね……」

既知の素材しか見つからない、そんな思い込みは捨てた方がいいようだ。『旧アストラルボーダー』を攻略はしたが、この現実が全て俺の知識の範囲内というわけじゃない。

自分を戒《いまし》めていると、灰島先生が苦笑いをしていた――煙草《たばこ》でも吸おうとしたのか胸ポケットを叩くが、今は持っていないようだ。学園内が禁煙というのを忘れるほど動揺《どうよう》したのだろうか。

「いやはや……僕ばかりがとんでもない話をしているつもりで、君は全《まった》く動じないものだから困ってしまうな。しかし無理もないか、クオリアの価値は一言では表現しにくい」

「それほどのものなんですか……一体、どんな用途に使うんです?」

「クオリアを持ち歩いて戦闘などをこなしていると、そのうちに形状が変化する。基本的には装備品に変化するんだが、その性能がかなりユニークなものでね」

「ユニーク……というと?」

「所有者の強さに見合った装備に変化する……というと、その凄《すご》さが伝わるかな」

「……それは……」

ファクトリーで装備が作れるのは助かるが、『竜骨のロッド』でもやはり物足りなさを感じてはいる。『覇賢《はけん》のオリジンロッド+6』が『旧アストラルボーダー』における俺の最終装備だったが、あれは複数の特殊効果がついていたし、武器としての性能も魔法職用だからと馬鹿にできないものがあった。

ゲームの装備が現実にあるなんてことはない――というのは、一概《いちがい》には言い切れない。それは『旧アストラルボーダー』に存在した武具や素材が、同名称で存在しているからだ。

この現実で強敵を倒しても、強力な装備が手に入るとは限らない。その状況を『クオリア』が打破してくれる可能性がある。

「こんな言い方もなんですけど、ヤバいですね……その『クオリア』は」

「そうなんだ、超ヤバい。なんて言い方をすると学生に戻った気分だが……そのヤバいものが一つ見つかっている。これは討伐隊だと一個二千万で買い上げられるが、フリーオークションに出せば最低でも一億は値がつくだろう」

「一億……それだけあれば当面資金には困らないですね」

そんな話を聞いたら、特異領域《ゾーン》に入るたびに隠しエリアを探したくなる。俺の呪紋《ルーン》と幾島《いくしま》さんの『セカンドサイト』を組み合わせれば、隠しエリアが存在してさえいれば発見は難しくない――壁を壊せば入れるという形ならばだが。

「しかし君はクオリアを売ったりはしないだろう。クオリアにも等級があって、今回見つかった『フォスクオリア』はいわば中等品だが、それでも非常に貴重だ。魔物が落とすこともあるが、僕らは宝くじのようなものだと思っているしね」

「確かに……売るのは勿体《もったい》ないですね。できるだけ持ち歩いてみます」

「ああ。そんな貴重な素材の話を僕からするというのも、本当は謝らないといけないけどね。探りを入れたみたいで申し訳ない」

「灰島先生は特異領域《ゾーン》の異変について調べていたんですから、俺たちの件の情報も入ってくると思いますし、それは気にしていません」

「実際僕は空振《からぶ》りで、君たちに生徒の救助を任せてしまったけどね。これは一つ借りだと思っている。僕に何かできることがあったらいつでも呼んでくれ」

灰島先生はそう言って校舎に入っていく——職員室に行ったのだろうか。

Ａ級討伐者《バスター》の力をいつでも借りられるというのは助かるが、そんな非常事態においては、他の人も灰島先生の力を必要とするだろう。

それにしてもクオリアの話をしているとき、灰島先生はとても楽しそうだった——少年のように、と俺が言うのもなんだが、それほど高揚《こうよう》しているように見えた。

「玲人《れいと》さん、おはようございます……どうされたんですか？」

「あ、ああ。おはよう、黒栖《くろす》さん。ちょっと灰島先生と話してたんだ」

少し考えて、黒栖さんにも『クオリア』の件について説明しておくことにする。あまり驚かせないように配慮《はいりょ》しつつ。

「……ふえっ？　い、1億って、0が何個……や、やっつ……！」

「それだけ価値があるって言われても、売るよりは自分で使う方がいいよな。今後見つかったら、黒栖さんに持ってもらってもいいし」

「そ、そんな……持っている人の力に合わせたものに変わるのなら、絶対玲人さんが持っていたほうが良いと思いますっ」

「俺一人だけが強くなるより、仲間も強くなった方が嬉しいからさ」

所有者に合わせて変化するなら、俺以外だとどうなるのか。それも見てみたい。

まず俺がどれくらい持っていれば変化するのか、という話ではあるが。『そのうち』というのがどれくらいか、灰島先生も明言しなかったということは、個体差があるということだろうか。

「お、神崎……はよっす」

「えっ、不破《ふわ》くんが挨拶《あいさつ》してる……ってそれは良くて、おはようございます神崎君」

「挨拶くらいするだろ、そりゃ」

そっけない言い方だが、初めの頃の攻撃的な印象はすっかりなくなっている。不破はそのまま行ってしまうが、南野《みなみの》さんは黒栖さんと一緒に横に並んだ。

「え、えっと、神崎君、ご一緒してもよろしいでしょうか……？」

「ま、まあ同じクラスだし……そんなに緊張することもないと思うよ」

「きき緊張するに決まってるじゃないですか、神崎君に助けてもらったり、体育でもかっこいいところを見せてもらったり、もう毎日が激変なんですよ？」

「まず南野さんが俺に対して敬語なのが激変だ……っていうのは？」

南野さんはビクッと身体《からだ》を揺らす――これでは控えめな指摘すらしにくい。冷や汗までかいているし、こちらが申し訳ないくらいだ。

「じ、自分の態度は良くなかったと反省しておりまして……それは、掌返《てのひらがえ》しとかしたら全然信用してもらえなくなると分かってはいるんですけれども……」

肩にかかる髪をしきりに触りつつ、南野さんはぎこちない丁寧語《ていねいご》で話し続ける。その様子を見ていて、ふと彼女が前に言っていたことを思い出した。

「そういえば南野さん、スキル実技の授業のときにパシリでもなんでもするって言ってたよね」

「ああっ、は、はい！　もうすっごいします！　パシリでもなんでも！」

「なんでも……？」

「は、はいぃ！　今の私は神崎君に存在価値を認めてもらうのが目標というか、大げさじゃなくそんな感じですので！」

もちろん本気で頼んだりする気はないのだが、ここまで熱意があると逆に頼んだ方がいいのではないか——と、黒栖さんがこちらを見ている。

「それと南野さん、黒栖さんは俺のバディだから……ここまで言えば分かるかな？」

「は、はい！　もちろん分かってます、黒栖さんの分もパシらせていただきます！」

「い、いえ、私は……その……」

「パシリとかじゃなくても、とりあえず『こっち側』にいてほしいというか……」

クラスでの立ち位置とか、今はもうそういうことに悩む段階ではない。しかし俺がいないときも、黒栖さんには楽しく過ごしてほしい——バディとしてというより、大事な友人として。

「分かりました、黒栖さんがクラスで孤立したりしないように、いろいろ誘ったりしますね」

「っ……そ、そんな、私……」

「あっ、もちろん神崎君と行動するときは空気を読むので大丈夫です」

南野さんが俺の顔を窺《うかが》いながら言う——配慮はありがたいが、一番理想的なのは俺たちも南野さんもどちらも自然体であることなのだが。

「……え、えっと……では、よろしくお願いします……っ」

「いえいえ、こちらこそ……それで、初手でこれを言っていいのか迷うんですけど、黒栖さんってその前髪でちゃんと前は見えてますか？」

「み、見えてます……でも、ちょっと長過ぎるでしょうか、前髪……」

「せっかく可愛《かわい》いので、顔を見せた方がいいと思うんですけど。神崎君、どう思います？」

「ンッ……ゴホッ、ゴホッ。確かにそれは……」

『転身』しているときは黒栖さんは普通に顔を出しているし、普段とのギャップがあって良いと思う——って、真顔でそんなことを言えるわけもない。

「……あっ、い、いいんですっ、玲人さんは折倉《おりくら》さんっていう綺麗《きれい》な人を見慣れているので、私なんて特に何も……」

そんなことはない、ちゃんと自分の考えを言わなくては——と思ったところで。

「何か、私の名前が聞こえたのだけど……」

「はわっ……お、折倉さん、おはようございます……っ」

振り返ると、雪のように白い女生徒がそこにいた。折倉雪理《せつり》、その人だ。

なぜここに——と言いたくなるが、顔を見に来てくれたに決まっている。

「おはよう、二人とも。朝から一緒に通っているの?」

「いや、途中で一緒になったんだ。こちらはクラスメイトの南野さん」

「神崎君の舎弟《しゃてい》をやらせてもらっています、南野です。折倉さんのお噂《うわさ》はかねがね……」

「……玲人、あまり女の子を引き寄せるというか……従わせてはだめよ」

「それはもちろん誤解なんだが……俺の性格を知ってるだろうに、警戒しないでくれ」

「ふふっ……ちょっと言ってみたくなっただけよ。それじゃ、また後でね」

もちろん冒険科の校舎に行くわけではないので、彼女はすぐに立ち去ってしまった。

「討伐科の『姫』が直々に朝の挨拶に来るなんて……さすがです、神崎君。いえ、神崎様」

「南野さん、もう少し控えめに……というか、普通に接してくれるかな」

「ねー、私もそう思ってたんだけど、神崎君の前に立つと勝手に身体がね……『憧れ』で身体が動くっていう経験を、今まさに私はしてるの」

南野さんもやりすぎと分かっているようだが、それでも俺に対して畏《かしこ》まってしまうのはなぜなのか。

一つ思い当たるのは、俺の『魅力』の値が比較的高いということ。しかし無差別に人を惹《ひ》きつけるようなものでもないはずだ——『この現実』においてステータスの値がどう影響してくるのか、できれば詳しく知っておきたい。

２　書物修練

　朝のホームルーム後に、担任の武蔵野《むさしの》先生に呼ばれた。連れていかれたのは職員室ではなく、生徒指導室だ――俺は何かしらの指導をされてしまうのか。

「武蔵野先生、俺に話っていうのは……うわっ」

　先に部屋に入った先生がなかなかこちらを向かないので声をかけてみたのだが――振り返った先生は、眼鏡《めがね》を外して目元をハンカチで押さえていた。

「ご、ごめんなさい、先生ちょっと感動してしまって。神崎君、昨日は二年生の生徒を救助してくれたんですね」

「はい、偶然居合わせたので」

「偶然でＣランクの魔物を討伐してしまうなんて……いえ、神崎君なら簡単なことかもしれませんが、やはり私が受け持った生徒の中では群を抜きすぎています」

「俺一人でできることには限界があるので、仲間がいて助けられてます」

　それは偽らざる本音なのだが、武蔵野先生は俺が謙遜《けんそん》していると思っているようで、そのままの意味で受け取ってくれていない――まあ仕方がないか。

「全校集会で表彰をするというお話も出ましたが、神崎君は大丈夫ですか？」

「あ、ああいえ、そういうのを期待していたわけではないので……」

「そうですよね、神崎君はそう言うと思っていました。でも先生は、神崎君を褒《ほ》めたい気持ちでいっぱいなんです。貴方《あなた》は先生の自慢の教え子です」

武蔵野先生が言いたかったことをここにきて理解する。俺が目立つことを避けたいというのを察していて、その意図を汲《く》んでくれていたようだ。

「でも、これ以上何かで功績を上げてしまったら必ず全校集会で発表されると思います。もう、学園長や教頭先生も神崎君のことに気づいているので」

「そうなんですか。俺はまだ学園長を見たことがないですね」

「入学式のときには神崎君も出席していたはずですが……あっ……」

「ええと……入院する前のことは、記憶が曖昧《あいまい》になっているので。すみません」

「いいえ、私のほうこそ……神崎君が退院して学校に来てくれてから、活躍ばかりを目にしていますから。舞い上がってしまってごめんなさい」

俺が入院していたとされていた期間――この現実における三日間が、デスゲームの中で過ごした三年と、なぜ体感に大きな差が生じたのか。記憶が曖昧というよりは、まだ俺の中で整理がついていないというのが正しい。

「神崎君には、５月にある合宿訓練でもぜひリーダーシップを取ってもらいたいと思っています」

「合宿……そんな行事があるんですね」

「はい、訓練施設がある離島で行われます。学園を卒業するといろいろな任地に赴《おもむ》くことになるかもしれませんから、適応力を鍛えるためのカリキュラムですね」

　合宿の内容が成績に関わるということなら、バディの黒栖さんに迷惑をかけないためにも高評価を得たいところだ。

「合宿中には自由行動の時間もありますから、楽しみにしていてくださいね」

「は、はい。俺、そろそろ授業があるので戻らないと」

「あっ……すみません、話しておきたいことがもう一つだけあるんです。神崎君、昨日回収課の方に、学園の設備に投資したいと話されていたそうですが」

「はい、もし可能だったらそうしたいと思ってます。といっても、千万の単位じゃ設備の強化とかには足りないですよね」

「資金については学園の予算もありますが、研究開発を進めるために必要なものはどちらかというと素材なんです。神崎君が見つけた場所は、しばらく採掘を続けることができそうなんですが……それで見つかる鉱石素材は膨大《ぼうだい》な量になるでしょう」

「え……そ、そうなんですか？」

「もちろん、神崎君が自分で採掘をしたいというのであれば、回収課は撤収《てっしゅう》します。今は外から見えていた分を採掘しただけですから」

俺が自分で掘る——できなくはないが、魔法で岩盤を爆破するような方法では素材が使い物にならなくなりそうだ。

「こちらとしては、ぜひ継続して採掘をお願いしたいです。素材が研究に使えるなら、そのまま使ってもらって大丈夫ですし……」

「本当ですか……⁉　では、神崎君から採掘資源の提供があったと上層部に報告させていただきますね。神崎君には報酬《ほうしゅう》もお支払いしますので」

「えっ……い、いや、研究開発が進むのなら俺はそれで……」

「何を言ってるんですか、普通なら学園や討伐隊《とうばつたい》で素材を買い取っているんですよ」

「採掘をお願いするので、素材を買い取ってもらう値段については相場通りでなくて大丈夫です。代わりに、できれば希少なものが見つかったら……」

「はい、その都度《つど》報告しますので、売却かキープかを選んでいただけます。報酬の支払いは学園の経理部門からコネクターに振り込みますね」

もう授業が始まっているのだが、先生に呼ばれたということなら少し遅れても仕方がない。それより、今ちょうど聞いておきたいことができた。

「先生、そのコネクターのことで質問があります。俺のものは普通のものと違って『ブレイサー』っていうらしいんですが……」

「ブレイサー……すみません、コネクターに特殊なものがあるとは聞いていますが、どういった基準でそれが配布されるのかは私も詳しくは知らないんです。神崎君には心当たりはありませんか？」

考えうるとしたら、俺が入院していたこと。『旧アストラルボーダー』からログアウトしたということ――しかし、それが『ブレイサー』を与えられた理由だという確証はない。

しかしステータスとスキルを引き継いでいる以上は、『旧アストラルボーダー』とこの現実には繋《つな》がりがあるということだ。

「……先生は、『アストラルボーダー』というＶＲゲームを知ってますか？」

「？　ネットの広告で見たような気はしますが……神崎君がしているゲームですか？」

やはりＶＲＭＭＯからログアウトできなくなったなんて、世間では事件にすらなっていない。

俺が入院していたことについても、ゲームからログアウトできなくなったことが原因ではなく、ただ意識を失っていただけのように解釈されている。

この決定的な認識のズレを作っているのはなんなのか――俺は本当はログアウトしていなくて、別のゲームに移ってしまったとでもいうのか。それならば、俺の記憶にある現実と『この現実』に共通する部分があることとの説明がつかない。

「そのゲームと、神崎君のコネクター……ブレイサーに関係があるということですか？」

「ああ、いや……それより、このブレイサーは学園から送られてきたものなんですよね」

「はい、管理部から送られていると思います。管理部の方からお話を聞けるように、紹介の機会を取り付けておきましょうか」

「ぜひお願いします。常に身につけているものなので、どんな経緯で送られてきたのか知っておきたくて」

イズミが聞いている前でブレイサーの情報を得ようとすることを、どう思われているのか――それは少し気になるが、隠すようなことでもない。

『本機器を玲人様に所有していただいた経緯については、私自身も認識しておりません』

それは本当のことなのか――分からないが、イズミはブレイサーについて調べることを咎《とが》めるつもりはないらしい。

ひとまず管理部の人と話すまでは、この疑問は保留しておく。俺は武蔵野先生に挨拶《あいさつ》をして生徒指導室を出る――授業中の教室に戻っても、教科の先生に話が通っているようで注意されるようなことはなかった。

◆◇◆

冒険科には選択授業の時間があり、好きな専門教官のところに行って授業を受けることができる。

「ねー、どこ行く？　単位取りやすそうなとこがいいよね」

「声楽《せいがく》とか楽そうじゃない？　私中学のとき合唱やってたし」

「そこめっちゃスパルタらしいよ、部活の先輩が言ってた。穴場の授業は……」

部活に入っているクラスメイトは、先輩から授業の情報を得ているようだ。俺もそれができたら参考になるのだが、いかんせん交流がないし、部活に入る予定もない。

「黒栖さんは中学の時は部活に入ってたんだよね」

「はい。高校では部活より、授業についていく方が大事だと思って……新体操部はあるんですけど、私はそこまで試合成績もよくなかったですし」

「今の黒栖さんなら、かなり運動神経が上がってるんじゃ……」

「い、いえっ……玲人さんのおかげで『転身』をしているときは身体《からだ》が軽くなりますけど……」

「まあ、新体操で身につけたものを活《い》かせてるならいいか」

「はい、そう思います。武器の扱いにも通じるものがありますし」

黒栖さんは新体操用の『リボン』を戦闘向けにしたものを使える――相当扱いに慣れていないと無理な芸当だ。

「選択授業だから、ひとまず興味がある授業を受けてみようか。この『書物修練』ってのはどうかな」

「本を読む授業ですね。私もこの学園の図書館には、一度行きたいなと思っていたんです」

「じゃあ行ってみよう……ん？」

「すみませんすみません、コバンザメみたいって言われちゃいそうですけど、私たちも同じ授業受けたいです！」

「どんだけ下からなんだよ……いや、確かに頼む方だけどよ」

南野さんと不破のふたりが声をかけてくる。不破は黒栖さんにも小さく会釈《えしゃく》して、黒栖さんは大いに恐縮していた——俺からしても不破の変化は大きすぎるとは思う。

「この『書物修練』って、図書館で指定の本を読むやつらしいから。神崎たちの邪魔はしねえよ」

「ああ、そういう授業なのか。ありがとう、教えてくれて」

「っ……お、俺もセンパイから聞いただけだっての。そんな、礼なんて言われるようなことじゃねえ」

不破はそう言って、先に教室から出ていく——南野さんは不破の後ろ姿を見てニヤニヤとしている。

「まあ、不破君のツンデレなんて見ても可愛《かわい》くもなんともないんだけどねー」

「ツンデレ……そ、そうだったんですか？」

「はは……まあ、バスケの時もそんな感じだしな」

「あぁ～、また思い出しちゃった。バスケしてる時の神崎様、華麗《かれい》すぎて気絶するかと思いました」

普通にバスケをしているだけだが、というにはあまりに超人的すぎると自分でも理解している。普通の高校生はセンターラインからジャンプしてダンクをしたりしない。

しかし、褒《ほ》められて調子に乗ってるように見えてないだろうか——と、心配しつつ黒栖さんを窺《うかが》うと、彼女もじっとこちらを見ていた。

「……私も、凄《すご》く素敵だなって思いました」

小さな声で言われる——それだけで、胸を打たれるというか。

黒栖さんが奥ゆかしいのは十分わかっているので、それでも褒めてくれたことが嬉しい。

「素敵っていうかもうヒーローでしょ。スキルとか使ってなくてあの活躍は、ＮＢＡが黙ってないっていうか」

「お前ら、早く来ねーと休み時間終わんぞ」

「あ、はーい。意外に授業は真面目《まじめ》なんだよね、不破くんって」

「意外ってこたねーだろ……まあ言われてもしゃーねえけど」

ちょっと気にしているようだが、不破は南野さんに励《はげ》まされて多少復活したようだった。最初は不破の方に引っ張られている関係だったが、今はそうでもないらしい。

「……い、今のは……南野さんに合わせたというわけじゃなくて、本当に……」

「あ、ああ。分かってるよ、ちゃんと」

「あっ……え、えっと……素敵というより、やっぱり……」

「あー、神崎様ったら黒栖さんとイチャイチャして。私も混ぜてくださーい、なんちゃって」

南野さんはそう言いつつ真っ赤になっている――こういう時、無理はしない方がいいなんてなかなか言えないものだ。

◆◇◆

風峰《かざみね》学園の図書館は、ファクトリーのように一棟の建物として構内にある。冒険科の校舎からは連絡通路で繋がっていて、授業開始までに着いた。

「はーい、私が『書物修練』担当のファム・ベセットです。今日は来てくれてありがとうございます、生徒の皆さん」

冒険科一年の生徒が、他のクラスからも合わせて二十人ほど来ている。先生は外国の人のようだが、話し方がずいぶんとフランクだ。

「皆さんは本を読むことをどういうことだと思っていますか？　はい、そこの方。ミナミノさん」

「新しい知識を得たり、物語を読んで楽しんだり……ということだと思います」

「そうですねー、新しい知識。でも、世の中にある本はそういったものばかりじゃなくて、『能力強化』『スキル習得』に使えるものもあるんですね。そういうものを一時間かけて読んでもらうのが『書物修練』です」

　生徒たちがざわつく——確かにこんな話を聞かされたら落ち着いてはいられないだろう。本を読むだけで強くなれるというのだから。

「でもですね、皆さんこれらの本を読むの、だいたい一時間では終わりません。けれど読み終えたら成長できます。これは根気を育てる授業でもあります」

「先生、この図書館の本ならどの本でも読むと成長できるんですか？」

　他のクラスの女子が質問するが、ファム先生は首を振った。

「いいえ、普通の本もたくさん置いてます。『書物修練』に使える本は、その道を極めた専門家が書いているものに限ります。スキルは適性がないと幾ら読んでも身につきません。自分にあった本を引けるかは運次第ですが、読み終わりさえすれば単位は出ます。先生は意地悪をしません」

　ファム先生は座っている生徒一人ひとりの前に、カードを置く。どうやらそれはスタンプカードのようだった。

「これが出席チェックになります。本の『読み方』は自由ですが、何冊読み終わるかで評価をします。最低でも一冊、できれば選択授業で図書館に来て読んでください」

「本を図書館から持ち出してもいいんですか？」

「いいえ、貴重な本ですから持ち出し禁止です。通常の本と違って、本の形をした特殊な道具だと思ってください」

特殊な道具――そう言われて連想するのは魔道具だが、この現実においてはそういう呼び方をされているわけではないようだ。

「では授業開始です。本のことで質問があったら先生のところに来てください、最初に読む本の相談にも乗りますので」

生徒たちが席を立ち、ファム先生に次々に質問に行く。どうやら、お勧めの本の最初の一冊は聞いておいた方がいいようなので、黒栖さんと一緒に順番を待つことにした。

「あなたはこの本、あなたはこの本が良さそうですね。次の方……」

ファム先生が俺を見て固まってしまう。彼女は俺を下から上まで観察する――正直言って落ち着かない。

「あなたは……驚きました、こんなことがあるんですねー……」

「え……こんなことって、どんな……?」

「お勧めできる本の難易度が、初めからすごく高いです。今までも『難しい本』を読まれたことがありましたか?」

「……あっ」

『旧アストラルボーダー』において、ステータスを上げる手段として『教本』の類《たぐい》を読むことというのがあった。非常に時間がかかるので、何冊も読めたわけじゃないが。

俺が鍛えた能力は『教養』『精神』『魔力』だった。『筋力』『体力』は呪紋師《ルーンマギウス》が本を読んでも容易に上がらない――職業ごとに限界《キャップ》があり、成長率も違う。

「読んだことは……あると言っていいんでしょうか」

ゲームの中で読んだ、と言われても先生も困ってしまうだろう。しかしそうやって上げたステータスが、今の俺にも引き継がれている。

「すごくあると思います。先生の言い方変ですけど……いえ、あえて言うなら、これがいいと思います」

ファム先生がそう言って持ってきてくれたのは『魔法師は目で殺す　眼力によるオーラテクニック』という――率直《そっちょく》に言って怪しげな本だった。

「これがオススメです。こんな難しい本でステータスが上がったら凄いですよ、スキルも得られるかもです」

「あ、ありがとうございます……」

「次のあなたには、この本が良いですね」

「っ……は、はい……でも、この本……」

黒栖さんが勧めてもらった本は『情熱と静謐《せいひつ》のステップ』という題名だ――確かにこれは物申したくなるが、ファム先生は満足そうにしている。

「その本、あなたにピッタリだと思います。ぜひ読んでみてください」

「……あ、ありがとうございます……」

「あなたの職業は『魔装師《トランサー》』ですね。とても珍しい職業ですし、その本でスピードを上げるの凄く良いと思います。スキルの習得もできるかもです、適性があればですけど」

（スキルを覚えられる本……存在するのか……！）

『旧アストラルボーダー』においては、俺が追加でスキルを取得できるような本は『生命探知』の一冊しか見つからなかった。『魔力探知』も持っているが、それはスキルポイントを振って覚えられるものだ。

「あの、一つ質問してもいいでしょうか」

「はい、なんでしょう？」

「先生が俺たちに合う本を判別するのには、スキルを使っているんでしょうか」

「そうです、私は『司書』という職業で、お客様……今は学園に勤めていますから主に生徒さんに、本を紹介するスキルがあります。『書物の理《ことわり》』というスキルです」

「ありがとうございます、そこまで詳しく教えてくれて」

「いえいえ。切り札は隠していますから。それが能力者というものです」

能力者――そういう表現をする人はファム先生が初めてだ。スキルを『能力』とするなら、そんな言い方をしてもおかしくはないが。

「では、読書の時間です。何かあったらまた質問に来てください、神崎君」

授業を受けるときに名前を書いて提出したので、先生に覚えられていた。まだ彼女から参考になる話は聞けそうだが、まずは一冊読み終えてからだ。

３　呪紋師と書物

不破と南野さんはそれぞれ紹介してもらった本を読んでいる――没頭しているというのか、他の生徒たちも集中していて、図書館のフロアはとても静かだ。

「……皆さん、集中しているので、少し緊張しますね」

「っ……あ、ああ、そうだね……」

隣に座っている黒栖さんが囁《ささや》くような声で言うので、つい変な反応になってしまった。普通に話すときとは違って、耳をくすぐられるような感じがする。

雑念を抱いている場合ではないので、本を開いて読み始める。多少頭が熱くなるというか、負荷がかかっているのが体感できる――『旧アストラルボーダー』でも、能力値が上がる本を読むとこんな感覚があった。

「……ふぁぁ……」

「……黒栖さん、大丈夫？」

「い、いえ、すみません、数ページ読んだだけなのに……」

あくびを恥ずかしがり、黒栖さんが真っ赤になって慌てる。しかし無理もないことだ、俺もだいぶ体感でOP《オーラ》が減っている。この現実で言うところの魔力を消耗《しょうもう》しているのだ。

「こういう本は、読んだだけで能力が向上する代わりに、読み終えるのに凄く苦労するんだ。運動なんかとは違う疲れがあると思う」

「は、はい……でも休み休み読み進めれば、なんとかなりそうです」

「いや、こういう時は本の負荷を軽くしよう。気持ち楽になるくらいだけど」

《神崎玲人が回復魔法スキル『ディバイドルーン』を発動　即時遠隔発動》

回復魔法の『ディバイドルーン』は俺のOPを5％仲間に分配するが、黒栖さんの魔力はどうやら俺の魔力の5％である1800よりは少ないようで、そこまで消耗しなかった。

「あ……ありがとうございます、神崎君。元気が湧いてきました……っ」

「黒栖さんの魔力を回復させたよ。これでまた魔力がなくなるまで読んで、回復してって方法でも読み進められるけど、もうひとつ俺にできることがある」

呪紋師はルーン文字や図形を使って魔法を発動するが、『文字の探究者』という側面がある。特殊魔法レベル5で覚える『ラーニングルーン』は、文字の理解を促進するというもの――つまり、読書の速度を速める魔法だ。

読書は呪紋師《ルーンマギウス》にとって、魔物を倒すことと同等の訓練だ。三年の間に読書に割り当てられた日数は多くないが、本から得たものは身についている。

「黒栖さん、手を出してくれるかな」

「はい……あっ……暖かい……」

指先に魔力《オーラ》を集中させて、黒栖さんの手にルーン文字を描く。

《神崎玲人が特殊魔法スキル『ラーニングルーン』を発動》

このスキルは一人に対してしか使えないし、友好度が低いと効果が薄くなってしまう。

——私がレイトさんのこと、どう思ってるか分かっちゃいますね。

——ミア、からかわない。友好度は友好度で、恋愛とは関係ない。

——イオリも使ってもらったらいいんじゃないかな。僕とレイトの友情は確かめるまでもないしね。

ソウマが冗談を言うのは珍しかったので、なんとなく覚えている——なぜかミアが顔を赤くしていたが、あれは何故だったのだろう。

「玲人さん、どうされましたか？」

「ああ、ごめん……今使ったスキルは、本を読みやすくするものなんだ。試してみてくれるかな」

黒栖さんは頷《うなず》き、そろそろと本を開く――すると。

「あっ……わ、分かります。さっきより、文章が頭に入ってくるというか……っ」

「良かった。じゃあ、それぞれ読書に集中しようか」

「ありがとうございます、玲人さん。本当に凄《すご》いです、玲人さんはなんでもできて……」

ささやき声でずっと褒《ほ》めてくれるので落ち着かないが、なんとか本に集中する。自分も『ラーニングルーン』を発動して読み進めてみるが、先生が勧めてくれただけあって興味深い内容だった。

◆◇◆

《神崎玲人が『魔力眼』レベル1を習得しました》

「ん……」

――読書に集中しすぎていた。授業時間が終わるまであと五分なので、タイムオーバーはし

ていない。

《黒栖恋詠《こよみ》が『セレニティステップ』を習得しました》

「あっ……玲人さん、あ、あのっ、本を読み終えたら、スキルが……っ」

「黒栖さんも読み終えられたんだ。一冊一気にいくと結構疲れるな」

「はい、でも、玲人さんのおかげですいすい読み進められました。何度か魔力が切れてしまっても、その都度《つど》補充していただけて……あ、暖かかったです……っ」

俺は黒栖さんの魔力が切れるたびに、『ディバイドルーン』を使い続けた。自分で読書した分も魔力が減っているが、全体の三割くらいといったところだ。

『眼力《オーラ》によるオーラテクニック』というタイトル通りではあるが、まさかこんなスキルを得られるとは思わなかった。『魔力眼』――本の内容によると、雪理が使う『アイスオンアイズ』のような特殊な眼とは違い、動体視力を増したりという効果があるらしい。

「じゃあ読み終えたってことで、スタンプを押してもらおうか……あれ？」

図書館から、いつの間にか生徒たちがいなくなっている。ファム先生は伸びをしていたが、俺たちを見ると驚いたように目を見開いた。

「あなたたち、すごく元気ですね。本を読んでも疲れませんでした？」

「いえ、かなり疲れたというか魔力を使いましたが、回復する手段があるので」

「オーラドロップを使ったんですか？　それにしても、購買で買える数は限られていますし、どのみち凄いです、感嘆《かんたん》です」

「他の皆はどこに行ったんでしょうか？」

「皆さん、途中で疲れてしまったので休んでますが、そのまま解散でもいいと伝えてます。この授業を選ぶ人は、最後に単位を取れるだけ本を読めていれば、あとは自由時間だから来てると思います」

　ファム先生がどこか飄々《ひょうひょう》としていて、生徒がいなくなっても気にしていないのは、いつものことだからということか。

「先生、あの……この本を、読み終わったんですが……」

「……えっ？　ごめんなさい、よく聞こえませんでしたが、今なんて言いました？」

　ゆるい雰囲気《ふんいき》だったファム先生の態度が急に変わる。俺も読み終わった本を出して、先生に見せた。

「俺も読み終わりました。スキルも身についたので、先生に本を紹介してもらえて良かったです」

　ファム先生は俺たちを見たままパチパチとまばたきをする――そして、フッと気を失いかけるが、黒栖さんに支えられる。

「せ、先生っ……⁉」

「おお、神よ……こんな凄い生徒さんを受け持つのは初めてです……私は教育者のはしくれとしてどうすれば……」

「まだ他にも、オススメの本があったら教えてください」

「そ、そうはいっても、それはとても難しい本ですし……もっとレベルの高い本は、総合学園の書架には置いていないのです……」

ファム先生は申し訳なさそうに言う。あのタイトルでこの図書館最難関の本とは、俺が自分で探しても気づけなかっただろう。

「分かりました、次からは難しい本でなくても、興味があるものを読むことにします」

「っ……待ってください、私にも教官としての責任があります。神崎君に紹介できるような本を、かならず用意しておきますので……！」

「え……い、いいんですか？　俺のためにそんなお手間をかけさせるわけには……」

「何を言っているんです、これは私の務めですので遠慮《えんりょ》は必要ありません。ええと、でも時間がかかってしまうかもしれないんですけど、こういった分野に興味があるというのを、教えておいていただけますか？」

「は、はい。えーと、魔力を使うスキルであればなんでも……あと、筋力が低いので鍛えられるとありがたいです」

「承《うけたまわ》りました。黒栖さんには紹介できる本がたくさんあるので、一冊ずつ読んでいってくださいね」

◆◇◆

ファム先生の話によるとスキルが得られる本は珍しく、能力が向上する本の方が多いらしい。そして能力が上がったかどうかというのも数値では確認できないので、なんとなく強くなったかも、という程度でしかないそうだ。しかしファム先生の職業『司書』は、本を読み終えて能力が上がった生徒の差異を判別できる。

「黒栖さん、新しいスキルの説明は本に書いてあったかな」

「『セレニティステップ』は、しばらく、完全に動いているときの音を消せるみたいです。その、なんとなくそうなのかなって分かるんですけど」

「不思議な本だよな、読み終えるとスキルが身につくとか。まあ適性がないと覚えないみたいだけど」

「それだけじゃないです、玲人さんがいなかったら、私は数ページしか読めてなかったですっ」

「確かに魔力がかなり必要みたいだな。次は別の授業も選んでみようか」

「私は、玲人さんの行くところにならどこでも……でも、またファム先生に教えてもらった本も読んでみたいです」

「ああ、分かった。えーと、次は……って昼休みか」

《折倉雪理様より通信が入っております》

どこで昼を食べるか、と考えたところでイズミが着信を伝えてくる。

『こんにちは、玲人。今日は冒険科のカフェにお邪魔してもいい？』

「こっちは大丈夫だけど、凄く目立つんじゃないか？」

『それはいつものことだもの。どこか静かなところで食べてもいいけれど……今度、私がお弁当でも用意するとか』

「っ……い、いいのか？」

『ええ、恋詠とも話していたの。玲人には購買に買いに行ってくれるような人がいるらしいけど、その人に任せるのもバディとして問題があるものね』

「いや、本気でパシリをさせるつもりはないよ。さっきの授業でも最初だけ一緒だったけど、すぐ撤退《てったい》していったしな」

『ふぅん……玲人と一緒に授業を受けられるのにそんな態度は、あまり感心できないわね』

雪理が不服そうにしている――これは良くない、プリンセスと呼ばれている雪理が不機嫌そうに冒険科にやってきたとなれば、皆が何事かと慌てるのは想像に難くない。

「ま、まあ事情あってのことだから。雪理、そろそろ移動した方がいいんじゃないか」

『ええ、もう向かい始めているわ。もう少しで着くから待っていて』

俺たちもミーティングカフェに向かうと、少し経ってから雪理と坂下《さかした》さん、唐沢《からさわ》が姿を見せた。メニューをオーダーしつつ、雪理に聞きたかったことを尋ねる。

「雪理、五月の合宿訓練って討伐《とうばつ》科《か》も行くのか？」

「ええ、冒険科と討伐科は合同で行くことになっているわ」

「訓練の目玉は、離島での現地実習ですね。いろいろな環境に適応できるようにという名目ですが、端的に言うとキャンプのようなものです」

坂下さんが説明を付け加えてくれる。キャンプに行くのは小学生以来のことで、だいぶ久しぶりだ。

「キャンプ……合宿のために班を作ったりするんでしょうか？」

「そうですね、基本的には。宿泊時は男子のみ、女子のみでテントを分けることになっています」

「例年、夜間に抜け出す生徒がいるそうだが……神崎にはその心配はなさそうかな」

「まあ、特に言い返すこともないが……唐沢こそ大丈夫なのか？」

「僕はむしろ、仲間を牽制《けんせい》しなければいけない立場だよ。討伐科Ａクラスといっても、完璧《かんぺき》な自制を求めるのは難しい」

俺たちはFクラスだが、特に風紀が乱れているというわけでもない。初めにクラスに顔を出したときはこのクラスメイトと上手《うま》くやっていけるのかと心配になったが、あれから状況は大きく変化している。

「唐沢にはやっぱり風紀委員が向いているわね。今からでも入ったら？」

「いえ、僕はできるだけ訓練に時間を当てるか、交流戦に備えておきたいので」

「今日は伊那《いな》さんたちはどうしてる？」

「彼女たちなら討伐科のカフェにいると思うわ。玲人に会うと緊張するって彼女が言っていて、今さら何を遠慮しているのって言ったのだけど」

彼女というのは、伊那さんその人のことだろう。彼女の態度もかなり変わってしまったので、南野さんに近い状態まではいかなくても恐縮してしまっているようだ。

「放課後はちゃんと連れてくるから安心して」

「ああ、分かった。唐沢は本当に来なくていいのか？」

「僕は射撃の教官から新たな技のヒントをもらいたいと思っている。今のままではいずれ足を引っ張ることになるだろうからね……自分だけの技をもっと磨《みが》かないと」


——猟兵《イェーガー》の担当は遠距離射撃。遠くにいる敵は任せて。

——イオリさんは凄《すご》いですよね、見えないくらい遠くて小さい的《まと》に当てちゃうので。

──ＦＰＳ《ファーストパーソンシューティング》でも無敵だっただろうね。僕はやっぱり近距離が得意だったよ。


自分だけの技。特化した強さ。役割を果たすということ。

パーティでも、チームでも、根幹は何も変わらない。自分ひとりですべてが出来ればそれに越したことはないが──必要なのは、連携だ。

そうでなければ、俺たちは魔神を倒せてはいなかった。

「唐沢、俺にも何かできることがあったら言ってくれ。いつでも協力するよ」

「それは有り難いが……実戦において、君の魔法が集団を強化することを僕はもう知っている。ならば僕は、強化される素地である『個』を強くする。君とは天地の差であってもね」

「俺にも弱点くらいはあるよ……って言っておくか。もちろん秘密だけど」

もちろん、誰かが情報を漏《も》らすなんてことは夢にも思っていない。その冗談が伝わったのか、みんな笑ってくれていた。

「あなたに弱点なんてものがあるなら、私も教えてもらえるくらいにならないとね。完璧にカバーできるように」

「私なんて、弱点だらけで情けないですけど……い、今は、もっと強くなりたいです」

「あれだけの身のこなしならば、交流戦でも十分通用するでしょう。訓練所では私ともお手合わせ願います」

「は、はいっ……すぐにやられちゃったりしないように、頑張ります」

黒栖さんの気合は十分、俺も同じだ。『呪紋師《ルーンマギウス》』の俺が接近戦の訓練を楽しみにするというのも変な話だが、午後の授業は長く感じることになりそうだ。

4　五対一の訓練

放課後――訓練所に向かった俺は模擬戦《もぎせん》用のロッドを借り、装備は学園で購入できる中級の防具に変えた。

呪紋《ルーン》という防御手段があるのだから、仲間の防具を優先して強化したい。そして俺の『筋力』自体はクラスでは高くても怪力というほどじゃないので、装備の重量は軽くなくてはならない――防御力と重量条件、双方を満たす防具素材が欲しいところだ。

「お待たせしました、神崎君」

「神崎先生、今日はよろしくお願いしまーす」

伊那さんと社《やしろ》さんの二人が先にやってきた。伊那さんは三節棍《さんせつこん》、社さんは双剣《そうけん》を携《たずさ》えている。

「神崎先生って、後衛職……ですよね？　近接戦闘も得意って、何か経験されてたんですか？」

「社さん、その先生っていうのは……」

「神崎君は杖術《じゆうじゆつ》のようなものを習っていたのですか？　それなら、私も打撃武器ですから通じるものがありますわね」

　伊那さんは嬉しそうに三節棍を構える——トリッキーな武器なので捌《さば》くのが大変そうだが、そこは『スピードルーン』を使わせてもらって見切るしかない。

「遅くなってごめんなさい」

「神崎様、準備運動はおすみですか？」

　雪理の声が聞こえて、彼女と坂下さん、黒栖さんの三人が入ってくる。

「……あっ、あの……今日は女の子しかいないので……い、いいえ、玲人さんの他にはということで……」

　黒栖さんは完成した『ワイバーンレオタード』をファクトリーから届けられ身につけていた。翼竜《よくりゅう》のひげで作った『ワイバーンリボン』は実戦用武器ということで持っておらず、模擬戦用のリボンを持っている。

「……いや、言葉もないくらい似合ってるというか……黒栖さんは新体操を、そんな感じの衣装でやってたのかな」

「い、いえ、もっとシンプルなもので……このレオタードは着心地がすごくいいです、丈夫なのに動きを阻害《そがい》しないんです」

「黒栖さんにとても似合っているわ。私のスーツはいかにも戦闘用という感じがするわね」

「どこかの組織のエージェントのようですわね。私も人のことは言えないのですが」

「私みたいに軽装もいいですよ、二人とも。肌が出てるところに攻撃されると痛いですけどね」

社さんは短剣を構えてくるりと回ってみせる――短いおさげも合わせて振り回され、なんというかダンサーのようだ。

「玲人も社さんのようなスタイルに興味があるみたいね……私ももう少し装備を軽量にした方がいいのかしら」

「坂下さんもナックル使いなので、だいぶ軽量にこだわってますよね」

「はい、スピードが生命線ですので。一撃のパワーを生み出すために体幹も鍛えております」

「あ、いいなー、体幹って鍛え方わかんなくて、自己流でやっちゃってるので」

「それは俺も鍛えてみたいな。後衛職が興味を持つのは良くないか」

「そんなことはないわ、あなたも興味があるなら……そうね、坂下がいつもしているトレーニングとなると、家に来てもらう必要があるけれど……」

「っ……お、お嬢様。それは、神崎様をお屋敷にお招きするということですが……」

女子四人、そして俺の視線が雪理に向けられる――いいのだろうか、そんな流れで家にお邪魔してしまっても。

「……トレーニングだけで帰ってもらうのもなんだから、お茶くらいは用意するわ。それより、これからどうするの？　二人同士で軽く組み手からかしら」

「そうだな。よし、みんな俺に打ち込んできてくれるかな」

「えっ……ご、五人もいるのに、神崎君、いいんですか……？」

「ああ。それくらい捌けなきゃ『先生』とは言えないしな……なんて。黒栖さん、『転身』はしておいた方がいいな。行くよ」

《神崎玲人が強化魔法スキル『マキシムルーン』を発動　即時遠隔発動》

「あっ……そ、その、心の、準備を……」

黒栖さんに『マキシムルーン』を使ったときの反応は、艶《つや》めいているというか——みんな顔が真っ赤になっている。天真爛漫《てんしんらんまん》そうな社さんが、むしろ一番恥ずかしがっているようだ。

「いつもこんな感じなんですか？　神崎先生のバディになると……えっちぃですね……！」

「エ、エッチとかそういう言葉は控えめにするべきですわ。神崎君のような紳士に対して……そうですわよね？」

聞かれてもなんとも答えにくい——俺が人から魔力をもらったらどうなるか、体験したことがないからだ。なんていうのは言い訳だとわかっているが。

「……社さんの言うことも分からなくはないけれど。玲人に魔法を使ってもらうと、そういう感覚はあるものね……」

「お、お嬢様……そのように赤裸々《せきらら》な……」

「で、では、いきます……『転身《オーバーライド》』！」

《黒栖恋詠が特殊スキル『オーバーライド』を発動》
《黒栖恋詠が魔装形態『ウィッチキャット』に変化》

黒栖さんの足元から光の輪が現れ、彼女の姿が変化していく——猫耳に尻尾《しっぽ》、そして猫の手。すでにみんな見たことがあるが、固唾《かたず》を呑《の》んで見守っている。

「……準備、完了です」

「あぁもう、可愛《かわい》すぎませんかこれ⁉　黒栖さんって変身ヒロインなんですか⁉　いいなー、私もそれやりたーい！」

「社、願望に正直すぎますわ。彼女はそういったスキルを覚える職業なのです」

「それは分かってますけど……あ、そろそろ切り替えないとですね」

社さんの空気が変わる——まだ短剣を抜いてはいないが、その間合いは見た目よりも懐《ふところ》が深いと感じる。瞬時に俺まで攻撃を届かせる、そんなスキルを持っているのだろう。

（こういう『勘』も、ゲームでの経験が役に立ってる。他プレイヤーの射程は、なんとなく気にして見てたからな……）

「タイマーのスイッチを入れたら、十秒後から始めるわよ」

貸し切り状態なので、訓練所全体を広く使える。五人は隊列を組むわけではなく、横一列に並んで俺と対峙《たいじ》した——さて、誰から来るか。

《神崎玲人が強化魔法スキル『マルチプルルーン』を発動》

《神崎玲人が強化魔法スキル『ウェポンルーン』を発動　即時発動》

《神崎玲人が強化魔法スキル『スピードルーン』を発動　即時発動》

「こ、これ……っ、魔法とかのスキルって詠唱《えいしょう》とか普通しますよね？　先生、何もしてないのに光る文字みたいなのが出てるんですけど……っ」

「身体《からだ》が軽い……神崎君の魔法なんですの……？」

呪紋の発動に必要な魔力文字や図形は隠蔽《いんぺい》することも可能だが、普段とくに隠したりはしていない。隠蔽するとオーラの消費が多くなるのと、威力も小さくなる。

「俺の詠唱は、指で描くことでも発動する。魔力は空間に軌跡を残すから、空中に描くこともできる——それを何度も繰り返していると、『描く』というイメージだけでスキルが発動するようになる、んだけど……」

自分でもふわっとした説明だと思ったが、皆は感心してくれているようだった。世が世なら中二病と言われているところだろう。

「それって無音詠唱ってやつですよね……じゃなくて、無文字詠唱？」

「まったく、感嘆《かんたん》するしかありませんわね。私たちと同い年で、どれほどの研鑽《けんさん》を……」

「そう……だから、五人を相手にするというのも本気で言っているのよ。こちらも少しでも、彼の本気を出させないと」

こうして雪理と対峙《たいじ》すると、改めて思う――可憐《かれん》にして高潔、そんな彼女に強者《つわもの》として認められていることは、光栄でしかないと。

雪理が言っていたタイマーのスイッチが入る。電光掲示板にカウントダウンの数字が表示され――それがゼロになった瞬間。

「――っ‼」

《折倉雪理が剣術スキル『ファストレイド』を発動》

瞬時に距離が詰まったかのように錯覚《さっかく》する、そんな速度の踏み込み。俺は魔力を帯びたロッドで受けるが、雪理は立て続けに技を繰り出してくる。

「――そこっ！」

《折倉雪理が剣術スキル『コンビネーション』を発動》

受けるたび剣戟《けんげき》の音が鼓膜《こまく》を震わせる。目にも留まらぬ三連――前に見せた技はそのはずだが、最後の一撃は前よりも大振りで、見逃せない隙《すき》ができる。

（――違う、これは……！）

「はぁぁあっ‼」

《坂下揺子《ようこ》が格闘術スキル『コンボカウンター』を発動》

雪理の連撃《コンボ》に対する反撃を、代わりに距離を詰めていた坂下さんが迎撃《カウンター》する――一瞬でも呼吸が合わなければできない、そんな芸当だ。

「おぉおっ……‼」

《神崎玲人が強化魔法スキル『プロテクトルーン』を発動　即時発動》

「なっ……！」

確実に入ったという手応えがあったのだろう、しかし坂下さんの拳を俺は左手――ロッドを持たない素手で受けた。

《神崎玲人が特殊魔法スキル『フェザールーン』を発動　即時遠隔発動》

「くっ……！」

坂下さんの足元の床が羽毛のように変化する――軸足《じくあし》のバランスを崩せば、電光石火で繰り出される彼女の連撃を防ぐことができる。

「やぁぁぁぁっ！」

だが坂下さんに追い打ちはできない、伊那さんと――社さんが気配を殺して俺の死角に回っている。

（だが、それは間に合う……！）

《伊那美由岐《みゆき》が棍棒術《こんぼうじゅつ》スキル『飛翔棍《ひしょうこん》』を発動》

ロッドを繰り出し、伊那さんの遠い間合いから繰り出される三節棍を弾き飛ばす――死角からの攻撃を防がれることは予想外だと、彼女の眼が言っている。

「――ふっ！」

《社奏《かなで》が短剣術スキル『クァドラブレード』を発動》

（これは前に見た『クロススラッシュ』以上の技……さすがだな……！）

二刀流の短剣から繰り出される四連撃。通常ならば受けることは至難《しなん》だ——だが。

《神崎玲人が特殊魔法スキル『イミテーションシェイプ』を発動》

「えっ、ちょっ……!!」

相手の動きを『図形』と解釈し、模倣《もほう》する魔法。ステータス差がなければ押し切られるが、『クァドラブレード』をロッド一本で返し切る。『スピードルーン』を入れた速さが社さんの倍でなければ失敗する、そんな賭《か》けではあった。

「速すぎっ……きゃぁぁっ……!!」

そのまま追い打ちを繰り出すと、社さんが短剣を交差させて受け、吹き飛ぶ——だが衝撃を殺すために、同時に彼女は後ろに飛んでいた。

雪理の体勢が戻っている。二人の攻撃に備えて視線を移したその瞬間。

——雪理の視線が、俺ではなく『俺の肩越しの背後』に向けられた。

「……やぁぁっ！」

《黒栖恋詠が魔装スキル『ブラックハンド』を発動》

(っ……!!)

ゾクリとするような感覚。反射的に横方向に回避する——そんな賭けのような避け方はしてはいけない、分かっていてもそうするしかなかった。

「「——はぁぁあっ!!」」

《折倉雪理が剣術スキル『雪花剣《せっかけん》』を発動》

雪理の繰り出した鋭い斬撃《ざんげき》。崩れた体勢で見てから受けるというのは無理だ、直撃する——覚悟したその瞬間。

《神崎玲人が『魔力眼』を発動》

(——見える……今からでも追いつける、のか……!)

視界に映る全てが『見える』。実際は遅くなっているわけでもない、それでも雪理の動きが見えている。

「っ……!?」

ロッドで振り下ろされた剣を受ける――クリーンヒットしていたはずの攻撃を。

しかし完全には受けきれず衝撃でロッドが下がり、雪理の攻撃が俺の肩に届く。

「……一本、ってことかな。みんな流石《さすが》だ」

「私は揺子と違って魔法で足場を変えられていなかったから、運が良かっただけで……この流れでなければ、全《まった》く当てられていないと思うわ」

「坂下さんごめん、つい魔法を……最初の連携から、雪理と坂下さんの双方をフリーにするとやられるって感じたからさ」

「そのようなプレッシャーをかけられたのなら良かったですが……まだ修練が足りませんね。足場が悪いところで戦う対策が必要だと痛感しました」

「そ、それより……私には、黒栖さんが突然神崎君の後ろに現れたように見えたのですが。社さんとタイミングを合わせたのですか？」

「えっ、全然そんな打ち合わせとかしてないですよ。私も黒栖さんがパッと出てきたみたいに見えてましたし」

俺にもそう見えていたが――と考えて、ようやく思い当たる。

「そうか。黒栖さん、さっき習得した技を使ってみたんだな」

「は、はい。『セレニティステップ』を使ってみたら、説明通りに音がしなくなったんです。正面からでは玲人さんには絶対当てられないので、後ろから……す、すみません……」

俺は後ろからでも気配を察することはできる。『生命探知』『魔力探知』が常時発動しているからだ。

その二つの探知を黒栖さんは完全に逃れていた。元から転身することで敏捷《びんしょう》性が上がり、足音も消える黒栖さんは、さらに『セレニティステップ』を使うことで奇襲を必ず成功させられる――ということだ。

「ということは……実質的に、折倉さんと黒栖さんが取った一本ということでしょうか」

「私は五人での一本だと思うけれど……クリーンヒットでもないし、有効というくらいかしら」

「見事にやられたな。けど黒栖さん、二回目は通用しないぞ。リボンの攻撃も見てみたいしな」

「あっ……す、すみません、武器の練習というお話だったのに……っ」

「先生、私の動きはどうでした？　見事に受けられちゃいましたけど」

「奥の手の一つを出させられたし、『クァドラブレード』はいい技だな。伊那さんの飛翔棍も間合いと威力のバランスがいい。『雷鳴打ち』を入れてきても大丈夫だよ、ちゃんと武器マスタリー……武器の習熟度は上がるから」

「っ……そ、そんなに褒《ほ》めても何も出ないのですが……私の技の名前まで覚えていてくださるなんて……」

金髪ツインテールの伊那さんが雷属性の技を繰り出すというのは、まさにイメージ通りで覚えやすい。金色といえば光属性という考え方もあるが。

「私も属性つきの技を出してしまったわね……ファストレイドは最初の一手でしか使えないし、通常の立ち回りでも使える技が必要ね」

「雪理といえば『雪花剣』だから、得意技を磨《みが》くのはいいことだよ。坂下さんも最後に『輝閃《きせん》蹴《しゅう》』を出せたのに、止めてくれたね」

「お嬢様の攻撃が当たっていたので、技を繰り出すことはしませんでした」

「えっと、一つ提案いいですか？」

社さんが手を上げて発言する。そして彼女は無邪気な笑顔でこう言った。

「神崎先生から有効を取れたら、お願いを一つ聞いてもらう……とか、テンション上がりません？　折倉さんと黒栖さんは合わせ技有効なので、お願い一つ権利獲得で……なーんて」

『…………』

皆が無言で顔を見合わせる。次に視線を向けるのは俺のほうだが、なぜみんなほんのり顔が赤いのだろう。

「……折倉さんと黒栖さんがもう一度有効を取ったら、二つお願いを聞いてもらえるのですか？　それは贅沢《ぜいたく》というか……」

「い、いえっ、玲人さんが教えてくれているだけで嬉しいですから……っ」

黒栖さんは遠慮《えんりょ》しているが、雪理はどうなのだろう。黒栖さんの性格上、雪理に引っ張られるのではないか。そして雪理は真面目《まじめ》なので、社さんの提案を却下《きやっか》しそうだと思ったのだが。

「……玲人の気持ち次第というところはあるけれど。それでいい？」

「っ……ま、まあ俺としては、簡単に二回目を入れられるわけにはいかなくなるけどな」

「難易度が上がってしまいましたか……これは一筋縄《ひとすじなわ》ではいきませんわね」

「わ、私は……お願いなどは恐れ多いですが、力を尽くさせていただきます」

「もちろん私も。でも最速の技をもう出しちゃったから、トリッキーに攻めますね」

何か五人から、今までとは違う熱量を感じる——俺に一体何をお願いするつもりなのだろう。

『セレニティステップ』にさえ注意すれば、そうそう有効打は出せないと思うのだが。

◆◇◆

訓練所の温度が上がっている——というのはたぶん気のせいではない。

休憩《きゆうけい》を挟みつつ五人と立ち合いを続けるうちに、みんな汗びっしょりになっていた。熱を持った筋肉を『ヒールルーン』で回復させているので、動きのキレはみんな落ちていない。

「せやぁっ……！」

《伊那美由岐が『雷鳴打ち』を発動》

「――おぉおっ！」

魔力に覆われたロッドで雷を遮断《しゃだん》し、三節棍《さんせつこん》を打ち返す――彼女の一撃一撃は相当に重い。

しかし最初に奪われた有効打以外、俺は一撃も通さなかった。危ないという瞬間に『魔力眼』が発動すると、攻撃を捌《さば》ける――捌くことができてしまう。

「はぁっ、はぁっ……今のはいけると、思ったのですが……」

社さんのフェイントから伊那さんの攻撃という流れだったが、危なげなく防ぎきった。

「あー、負けたー……先生、私のフェイントってそんなに単純ですかー？」

「もっと戦術のバリエーションを増やさなければ……それ以上に、武器の扱いですわね」

「玲人と一緒に訓練をすると、剣の扱いに慣れていく実感があるのだけど……あなたたちは？」

俺には皆が『武器マスタリー』レベル１を取得したことがなんとなく分かる。初めからかなり回避しづらかった黒栖さんのリボンも、三十分ほど経ったころから一段とキレが鋭くなった。

「玲人さん、ありがとうございました……っ、新しいリボン、今日だけでも分かるくらい慣れてきました」

「ああ、良い動きだったよ。使い続けてたら新しい技を覚えるかもしれないな」

「玲人は武器の心得があるから後衛職なのに強いのね。結局あれから一撃も入れられないなんて、剣士としては悔《くや》しいけれど……」

「いや、俺も必死だったよ。魔法で加速しなかったら全くついていけない、雪理はそれくらい速いから」

「ですが、神崎様は私たち全員に加速の魔法をかけていたではないですか」

そうでなくては公平ではない――というだけだが、みんな半分呆《あき》れている。

「私たちは接近戦に向いた職業なのだから、魔法の強化なしであなたに追いつけないと……と言いたいけれど、強化がなかったらかすりもさせられていないわね」

「攻撃を当てられたらなんて、調子に乗っちゃってました。私たちの方が先生のお願いを聞かないとですよね、百回くらい」

「い、いや、それは大丈夫だけど……」

「何を動揺《どうよう》しているのかしら……？　玲人も社さんの言うとおり、その……思春期《ししゅんき》というか……」

「ま、待て待て。魔力の供給でそういう感覚があるのは、あえてそうしてるわけじゃないからな。その……訓練で俺が勝っても、別に変な要求とかは……」

「っ……わ、私は大丈夫ですけど、皆さんにエッチなことはちょっと、良くないというか……っ」

「……え？　黒栖さん、今……」

「あっ……ち、違いますその、いえ、違ってはいなくて……」

「な、なんでもありませんわっ……神崎君、それより汗をかいてしまいますし、シャワーを浴びてきた方がいいですよ」

「シャワーとか、なんでもエッチな方向に考えちゃうんですけど……神崎先生の濡れ髪っていいですよね、なんか」

「社、これからエッチと言うのは禁止にします」

「えー、だったら代わりになんて言えばいいんですかー？」

伊那さんに注意されて不満そうにしつつ、皆が女子更衣室に向かう。女子のノリに押されてしまったが、ひとまず俺も引き上げることにした。

４・５　雪理の視点

更衣室に入って防具を脱ぎ、シャワールームに入る。温度を調節してからお湯を浴びると、隣のブースに黒栖さんが入った。

「あ、あの……お疲れ様です、雪理さん」

「ええ、お疲れ様。黒栖さん、今日は凄《すご》く良い動きをしてたわね……最初に使ったあのスキルはなんだったの？」

「その、『書物修練』で覚えたものなんです。急に使ったりして本当は良くなかったんですけど、玲人さんは怒らないでくれたので……」

「何を言ってるんですの、使えるものはなんでも使うべきですわ。私も奥の手のようなものがあれば、有効を取れていたかもしれませんのに」

「悔しいですよね、先生が強いってこと分かってたのに、長期戦になったら近接戦専門の私たちに分があるんじゃないかと思ってました。先生、持久力もすごすぎますよ。カッチカチでしたし」

「防御が堅い……という意味ですね。攻撃力に関しても、魔法で強化したロッドの威力は非常に高いです。しかしそれよりも、あの反射速度と目の良さでしょう」

いつも他の生徒に対しては寡黙《かもく》なところのある揺子が、今日は積極的に話している。私はシャンプーで髪を洗いながら、他の四人の話に耳を傾けていた。

「基本の技で全部受けてますよね、私たちの技。坂下さんが最初に魔法で足場を柔らかくされてましたけど、ああいうのも織り交ぜられたらもっと手も足も出ないですよ」

「基本的に届かない相手なのですから、教えてもらうつもりでいいのですわ。今日だけで随分《ずいぶん》武器が手に馴染《なじ》んだ感じがします」

「私も、愛用のグローブが今以上に使いやすくなるとは思っていませんでした」

「それは玲人も言っていたけれど、彼は『ロッドマスタリー』という武器の習熟にかかわるスキルを持っているの。それを伝授してもらえた……ということらしいのだけど」

「そ、そうなんですね……ロッドでお相手をしてもらっても、リボンが上手《じょうず》になるのは不思議ですけど、導いてもらっていたというか、そんな感じがしました」

黒栖さんは私の左隣のブースに入っている。シャンプーとコンディショナーを忘れたと言っていたので、私が終わったあとにブースから手を出して渡す。

「あ、ありがとうございます……」

黒栖さんはシャワーで髪が濡れていて、目元が見えている。可愛《かわい》らしい顔をしているのに顔を隠すのは勿体《もったい》ないと思うけれど、それぞれのスタイルは尊重するべきでもある。そんな言い方をすると『お堅い』と言われてしまったりもするけれど。

「いいなー、姫のシャンプー私も使ってみたいです」

「髪質にあったものがいいけれど、私もそれほど拘《こだわ》ってはいないわね。勧められたものを使っているだけだから」

「折倉家のスタイリストは、少し変わった女性なので……ヘアモデルになる代わりに、髪質なども調べてくれますよ」

「大人っぽいヘアスタイルにしてもらってもいいんですけど、双剣使いとしてのこだわりなんですよね、このおさげは」

「そうだったんですの？　それなら私はおさげを三本にしないといけませんわね」

伊那さんが冗談を言って、皆が笑う。とても和《なご》やかな雰囲気《ふんいき》で、私も悪い気はしていなかった。

――雪理、あなたは私と戦っても本気を出すことはないでしょう。

――その瞳が雪の温度を取り戻すまで、私はあなたと戦わない。

脳裏《のうり》を巡る言葉は、私が姉と呼んでいた人のもの。

血の繋《つな》がりはないけれど、私は彼女が剣を振るう姿に憧れた。私に求められた家における役割を、保留してもらうように頼んでまで。

「あ、あの……雪理さん、コンディショナーをお借りしていいですか？」

「ごめんなさい、少し考えごとを……はい、どうぞ」

黒栖さんにコンディショナーを渡す。私の方はひと通り洗い終えたので、シャワーを止めてバスタオルを巻き、ブースを出る。軽く髪を拭いてバレッタで髪をまとめ、スキンケアをする。

私は色素が生まれつき薄めで、髪の色はほとんど白に近い。肌は魔力のおかげで保護されているけれど、子供の頃から乳母に手入れの方法を教えられ、それを今でも続けている。

「姫ってほんとにお肌真っ白ですよね……」

「同性でも見とれてしまいそうですわね。それにしても、こうして二人でシャワーを浴びる日が来るとは思っていませんでした」

「二人ではありませんが……伊那さんは、雪理お嬢様を慕《した》っていらっしゃるのですね」

「っ……し、慕うというか、それは憧れはありますわ。その憧れに反したような態度を取ってしまっていたのは、若気の至りというか……申し訳ありません」

「あなたはそのままでいいと思うわ。急に大人しくなってしまったら、悪いことをしてしまった気分になるもの」

「……全《まった》く、敵《かな》いませんわね。神崎君とも格段の差があるのに、折倉さんも私よりずっと器《うつわ》が大きいですわ」

伊那さんはこちらにやってきて、私が座っている長椅子《ながいす》の隣に座ると、肩をすくめる。

玲人に対して好意がある人という意味では、私の警戒対象ではあるのだけれど、玲人のことを褒《ほ》められると自分のことのように嬉しく思った。

彼がオークロードから助けてくれたときから、私の全てが彼を中心に回っている。そして、そんな自分のことをいけないと思わない。

「それにしても……うちのチームってみんな胸がおっきくないですか？」

「社、あなたはどうしてもそういう方向にいくんですのね……」

「だってそんなに大きいのにあんなに激しく動いて、心配になっちゃいますよ。アマゾネスの人たちは弓を射るために片胸を取っちゃうらしいですよ？」

「和弓《わきゅう》においては、胸当てをつけても当たって痛いそうですね。私には弓は向いておりませんでしたが、知人に使い手がいます」

「坂下さんはどんなスポーツをしても似合いそうです、今の戦い方もすごく速くて参考になります……っ」

「私こそ、黒栖さんの動きは参考になります。猫のようなステップ……私自身が猫好きということもありますが、羨《うらや》ましい限りです」

「うちのシャロンも一番可愛がっているのは揺子なのよ。猫をかまっている時のこの人は、いつもと別人のようで……」

「お、お嬢様っ、その話はどうかご内密に……っ」

うちで飼っているシャム猫のシャロンは、揺子の家にもきょうだいがいるけれど、揺子はどの猫も同じくらい可愛がっている。野良猫でも揺子に懐いてしまうくらいなので、もしかしたら『動物使い』なんて職業にもなれたかもしれない。

「おっぱいの話から全然脱線しちゃいましたけど、黒栖さんはFカップ、折倉さんはEカップくらいと私は見てます」

「っ……ど、どうして分かるんですか？」

「そういったことを当てられるのは、良い気分がするものではないわね……そのサイズは最近、少しきつくなっているのだけど」

「運動をしても魔力のおかげで痛みがないのは良いのですが、しっかりサポートする下着をつけないと戦闘中に気になりますわね。うちの会社で戦闘用のアンダーウェアを作っていますので、皆さんにも試用していただきたいですわ」

　伊那さんがスマートフォンに、矯正下着《きょうせい》の画像を出して見せてくれる。

　戦闘用のスーツの下に着るアンダーウェアはシンプルなものが多いけれど、伊那さんの家の試作品はデザインが可愛いものが多かった。

「同じ素材を使った水着もあるのですが、これは折倉さんの家でもう商品として売ってもらっていますわね」

「家でというか、折倉グループ系列のお店でということね」

「そうだ、来月の合宿訓練って水着が要るんですよね。美由岐《みゆき》さん、今度可愛いの選びに行きません？　討伐科《とうばつか》に入ってからお小遣いが増えたので、ちょっと張り切っちゃおうかなって」

「そうですわね。あまり休みに二人でいると、木瀬《きせ》が焼《や》き餅《もち》を焼くかもしれませんけど」

「忍《しのぶ》君なら休みはキャンプしてたりするらしいので、彼なりに満喫《まんきつ》してると思いますよー」

　伊那さんたちがどんな経緯で班を組んだのか少し気になるけれど、それはまたの機会に聞くことにする。そろそろ髪を乾かさなければいけない。

「黒栖さん、髪を乾かしてあげましょうか。長いから大変でしょうし」

「あっ、いえ、大丈夫です……そんな、折倉さんにお手間を……」

「ドライヤーが三つだけしかないから、順番で使わないとね」

　そう言うと、黒栖さんは少し緊張しながら、私に髪を乾かせてくれた。ドライヤーの熱風でキューティクルが傷まないように、髪の先に向けてタオルで水分を取りながら乾かしていく。

「ふぁぁ……気持ちいいです、折倉さんの乾かし方……お母さんみたい……」

「……どう答えていいのか難しいのだけど、こんなに大きな娘を持った覚えはない……というのはどうかしら」

「ふふっ……折倉家の令嬢に隠し子が、なんてスキャンダルになったら、私が卒倒してしまいそうですわね」

「お嬢様にお子様が……すみません、少し想像で感極まってしまいました」

「気が早いというか、まず相手が……」

そう言いかけて、玲人の顔が思い浮かぶ。

そんなことで玲人のことを連想しているなんて、彼に知られたら――考えただけで、頭が熱くなってしまうのがわかる。

「お、折倉さん……大丈夫ですか？　顔が赤いみたいですけど……」

「い、いえ、なんでもないわ。黒栖さん、髪はこれくらいでいいかしら」

「ありがとうございます、次は私がしてもいいですか……？」

「ええ、お願い。揺子が待ち構えているのだけど、彼女はいつもしてくれているから」

「っ……お嬢様、私以外の方に髪を……いえ、黒栖様でしたらやぶさかでもないのですが……」

「美由岐さん、こんな感じでいいですか？　それとも髪を下ろして神崎先生にアピールします？」

「なっ……そ、そんなくらいで神崎君がどうにかなるなんて。彼はそんなにちょろい男性ではないですわっ」

髪を編み込まずにおこうかと思っていたけれど、それを見て玲人がどう思うのか——そんなことを考えてしまうと、逆に髪を下ろすのが恥ずかしいような気にさせられる。

「……玲人、今頃一人で寂しくなっていないかしら」

「早いもの勝ちで、向こうの更衣室に迎えに行っちゃいます？　先生しかいないなら問題ありませんよね」

「あなたはエッチに加えて、エッチな話題自体を禁止にしないといけませんわね。まったく油断も隙《すき》も……」

「迎えに行くのがどうしてエッチなんですかー？　私、ちょっと分からないので教えてください」

「そ、それは……シャワーを浴びたあとの男女が同じ空間に二人きりなんて、そこはかとなく……な、何を言わせるんですの」

「伊那さんたちが有効を取っていたら、玲人のバディとして彼をガードしないといけなかったわね……」

「一体私が何をすると思っているんですの、それは風評被害というものですわっ」

風評被害の使い方が違うような、と思いつつ、私は伊那さんを見つめる。睨《にら》んでいるわけではなくて、牽制《けんせい》しているだけ――と。

「折倉さんこそ、こんなプロポーションであんなスーツで、神崎先生は気が気じゃないと思いますよ……っ、えいっ」

「っ……な、なに?」

社さんが後ろから、私の胸に手を当ててくる。バスタオルがずれてしまうと困るのだけど、後ろを向くと社さんは――何を言っていいのか困るような顔でいる。

「はぅぅ……すっごいもちもちで柔らかい。これが同い年だなんて、神様って不平等すぎますよね」

「お、お嬢様の胸にそのような……そこは不可侵の領域ですので撤退《てったい》を、社さん」

「はぁ~、私も折倉さんのブラジャーになりたい」

「あなた……もしかして女の子が好きな人なのかしら」

「あっ、いえ、そんなことはなくて、単純な憧れです。黒栖さんもいいですか?」

「はわっ……わ、私は駄目です、その、まだお互いをよく知らないので……っ」

それを言うと私も社さんと知り合ったばかりなのだけど――と言いたい気持ちを抑えて、社さんの額に指先を触れさせて諭《さと》す。

「女の子同士でも礼儀《れいぎ》ありということね。社さんには仕返しとして、マッサージをしてあげる」

「えっ、そんな、なんで急に……んぁぁあっ、だ、駄目です、足は弱いっ……」

「まったく、おてんばが過ぎますわね。そんな人にはお仕置きですわ」

「のぉぉおっ、ギ、ギブ、ギブアップ……ちょちょ、ふくらはぎはっ……」

坂下にお礼をするために少し勉強したスポーツマッサージを、こんなふうに使う日が来るとは思っていなかった——坂下もそれに気づいたのか、少し頬《ほお》を赤らめている。彼女もくすぐったがりで、今の社さんみたいに悶《もだ》えていたから。

「はぁっ、はぁっ……もう駄目、お嫁にいけない……」

「ちゃんと服を着ないと風邪《かぜ》を引きますわよ。もう、はしたない格好で何をしているんですの」

社さんに甲斐甲斐《かいがい》しくしている伊那さんを見ていると、彼女の方がお母さんらしいと思った——そして、自然に笑っている自分に気づいた。

「……なに？　黒栖さん」

「い、いえ、こうして皆さんといられるのが、嬉しいなって……私、神崎君にバディにしてもらえなかったら、ずっと一人だったので……」

そんな健気《けなげ》なことを言う黒栖さんを見ていると——私も、似合わないことをしたくなる。

「あっ……お、折倉さん……？」

黒栖さんを抱きしめて、彼女の髪を撫《な》でる。

私より先に玲人のバディになった人。ライバルのように感じることもあったけれど、今はそれよりも、感謝したい気持ちがある。

「私のほうこそありがとう、玲人と一緒にいてくれて」

「……折倉さん」

「偉そうにって言われるかもしれないけれど、それでもそう思うの。彼がこの学園に残ってくれている理由の中で、黒栖さんの存在は大きいはずだから」

「存在というか胸が大きい……もがーっ」

伊那さんが社さんとじゃれているので、黒栖さんと一緒に笑ってしまう。

そんな私たちを、揺子が何か言いたそうに見ているものだから、私は彼女に微笑《ほほえ》みかける。

すると黒栖さんと私の肩に揺子が手を置いた。

「あの三人の友情の形を見習わなくてはいけませんわね」

「あはは、ほんとに……私も貞淑《ていしゅく》なレディにならないとですね」

「では、社さんには当家のメイド研修を受けることをお勧めいたします」

今日の訓練で、私は玲人に稽古《けいこ》をつけてもらえることばかりを考えていたけれど――こうして友人と一緒に過ごす時間は、とても快《こころよ》いものだと思った。

5　先輩と後輩

『少し遅くなりそうだから、もう少し待っていて』

雪理からそんなメッセージが入る——女の子は身支度《みじたく》に時間がかかるのだろう、ということで俺は時間を潰すために訓練所の外に出た。

「あっ、いらっしゃいましたね。良かった、今日のうちにお会いしたかったんです」

声をかけてきたのは古都《こと》先輩だった。すでに辺りは暗くなっていて、街灯の明かりを彼女の眼鏡《めがね》が反射している。

「すみません、ここまで足を運んでいただいて」

「いえいえ、さっき黒栖さんたちともお会いしたんです。装備の完成品を取りにきていただきましたので」

「黒栖さんも気に入ってましたよ。良い装備をありがとうございます」

「素材を持ち込んでくれた神崎君のおかげです。ファクトリーでは、ランクの高い装備品を作ると技術開発が進みますし……それに『洞窟《どうくつ》』で見つかった鉱脈の件も、工場長がすごく感謝していました。もちろん私たちもです」

「工場長……ファクトリーの長《おさ》、っていうことですか？」

「はい、生産科の三年生から代々選ばれています。ファクトリーは独立採算な側面もありますから、他に大人の責任者もいますが」

「なるほど。古都先輩に改めて言うつもりだったんですが、俺は学園の設備に投資できるなら是非《ぜひ》やりたいと思ってました。でも、素材の提供という形でも協力できるんですね」

「制度としてはそうなんですが……それでも、それを本当にしてしまう人がいるなんて、思ってもみませんでした。あの日、カツサンドと牛乳をお渡ししたのは運命だったんじゃないかと……なんて」

古都先輩との出会いを思い出す。あのカツサンドは有り難かったし、今でも味が忘れられない。

「またファクトリーでできることがありましたら、いつでもお知らせください。アドレスを交換してもいいですか？」

「はい、よろしくお願いします」

古都先輩のコネクターと俺のブレイサーを近づけるだけで、アドレス交換が完了する。コネクターに触れながら、古都先輩はふわりと笑った。

「本当は……もっと前に、交換しておければよかったんですが」

「もっと前に……あ、あれ……？」

――れいくん、私もうすぐ引っ越しちゃうんだ。

――またお手紙書くね。いつか、私が戻ってきたら……。

初めから今まで、気がつかなかったのは、記憶の中の姿と今の彼女が重ならなかったから。

「ほなみ……姉ちゃん？」

昔俺の家の近所に住んでいた、年上の女の子。たまに遊んでもらうくらいの関係だったが、俺は彼女を慕《した》っていた。

忘れてしまうほど幼い頃のことだった、と言えばそれまでだ。だが、俺が忘れていたのは――忘れなければと思ったのは、彼女からは手紙が届かなかったから。

古都帆波《ほなみ》。彼女の苗字《みょうじ》は、確か昔とは違う――引っ越していった理由も、それに関係があるのだろうか。

「……ご、ごめん、俺、すぐに思い出せなくて……」

「……はぁ～。もうちょっと我慢したかったのに、どうしても言いたくなって……ごめんね、玲くん」

「やっぱり……そうだよな。先輩は、俺に会ったときに気づいて、言おうとしてたんだ」

「玲くんが忘れてるなら、それも仕方ないと思ったから。でも、こんなに活躍してるのを目の前で見たら、やっぱり言わなきゃって……そんなふうに思う資格、私にはないのにね」

「……手紙は、俺も出さなかったから。先輩が転校した先の住所、教えてもらえなくて」

先輩と連絡を取ってはいけない理由が、何かあるのだろう。その何かを、俺は自分の親から聞き出せなかった。

「お母さんは今も別の街に住んでて、私だけここに転校してきたの」

「そうだったのか……先輩は、どうして生産科に？」

「牧場で働いたりするのが夢だったから。今は、それ以外のことも勉強してるけどね」

「……それでまた会えたのなら、良かった。俺はなんていうか、なんとなくで冒険科にいるようなものだけど」

「玲くんにも色々あったんだね、って思ってた。物凄《ものすご》く強くなっちゃって……三日会わざれば、ってことなのかな」

体感では三年間だが、この現実では実際に三日間だった——なんて言っても、冗談のようにしか聞こえないだろう。

「えっと……私も玲くんじゃなくて、神崎くんって呼ぶから。帆波姉ちゃん、は封印しておこっか」

「封印……そ、そんなに嫌かな。というか、子供の頃じゃないんだからってことか」

「生産科の人として玲くん……神崎くんに接する方が、気が引き締まると思うんだけど……神崎くんはどう、ですか？」

昔のように戻れたら、と思う気持ちはなくもないが、幼馴染《おさななじ》みと高校で再会したら、それなりに他人行儀《たにんぎょうぎ》になるのが普通か——それは人によるか。

「そうだな……じゃなくて、そうですね。古都、先輩」

「……ふふっ。素直な後輩で、先輩は嬉しいです」

「はは……俺は素直とかとは縁遠いと思うんだけど。いや、思うんですが」

「ありがとう、神崎くん。本当は、先輩風を吹かせるようなこと全然できないんだけど……神崎くんは、もう学園の有名人で、エースみたいな人だから」

「交流戦でエースとして活躍するのは、雪理……折倉さんだと思います」

「風峰学園のプリンセスをそうやって名前で呼べる男子は、神崎くんだけですよ。二、三年生でも『様』をつけている人が多いくらいなんですから」

「それは……確かに、俺も出会い方が違ってたらそう言ってたかも……」

「どんな出会い方だったんですか？　気になります……もしかして、王子様みたいに折倉さんを助けちゃったとか」

　王子様というところを除外したら、だいたい合っていると言えなくはない――のだろうか。雪理が見せた勇気に感化されて、オークロードと戦ったというだけだが。

「……本当にそうみたいですね。さすがです、神崎くん」

「い、いやその……まあそれはいいとして。こんなご時世ですから、古都先輩も何かあったらすぐ俺を呼んでください。魔物と戦ったりするのは俺の仕事なので」

「生産科でも身を守るための授業はあるんですよ？　冒険科と同じくらいには」

「先輩も特異領域《ゾーン》に入ったりするってことですか」

「はい。私の職業はお薬に関係するものなので、ポーションなどでパーティをサポートしています」

それは先輩のイメージ通りというか、なんとなく薬剤師とか、医療系の職業が似合っていそうではある。

「惚《ほ》れ薬《ぐすり》などについても、素材をいただければ合成を承《うけたまわ》りますよ」

「い、いや、そんなことは考えてませんが……」

「冗談です。神崎くんはそんなものがなくても慕われていますからね」

「それもあまり自信を持ってはないんですが……いや、持ってはいけないというか」

「……そういうところも良いのかもしれないですね、逃げられると追いかけたくなるって言いますし」

「せ、先輩……さすがにそれはからかってると分かります」

古都先輩はくすくすと笑う——こんな悪戯《いたずら》っぽい顔もする人だとは。女性はみな小悪魔である、という説を唱《とな》えたくなる。

「では、またご用向きがありましたら。私は寮に戻りますね」

「はい、ありがとうございました」

古都先輩が帰っていく——一人でこの街に帰ってきたということなので、寮生活をしているということか。

その後訓練所から皆が出てきて、校門で解散することになった。伊那さん、社さんが先に帰っていく――やたらと楽しそうだが、更衣室で何かあったのだろうか。

「玲人、待たせてしまってごめんなさい」

「ああいや、さっき古都先輩が来てくれて挨拶《あいさつ》してたんだ」

「それは良かったです、玲人さんとお話ししたいと言っていらっしゃったので……」

　雪理と黒栖さんも、こちらに伝わってくるほど機嫌がいい。

　訓練は部活ではないが、充実した部活の時間を終えたあとはこんな感じなのだろうか――と思う。疲れは魔法で取ってしまったが、気持ちが清々しい。

「神崎様、先ほどのことなのですが……お嬢様と黒栖様が有効を取った件について、『お願い』はどうされますか？」

「っ……揺子、急に何を……」

「あ、ああ、そんな話もしてたな。二人は何かしたいこととか……」

「あるわ」

「あ、あります……っ」

　動揺《どうよう》している様子だったわりに雪理は即答で、黒栖さんも同じ返事をする。軽く話を振ったつもりだったが、どうやらこれは真剣《ガチ》のようだ。

「……でも、いいの？　揺子を仲間はずれにしているみたいなのだけど」

「私のことはお構いなく。いずれ有効を取ることができたときには……いえ、そのようなことは腕を磨《みが》いてから考えるべきですね」

「わ、私は……えっと、その、あの、良かったら……」

「落ち着きなさい、黒栖さん。私もついているから」

黒栖さんは深呼吸をする——見ているこっちにも緊張が伝わる。そして、ついに彼女は、前のめりぎみにこう言った。

「れ、玲人さんと、出掛けたいです……っ」

「ああ、勿論《もちろん》いいよ」

「本当ですか……!? 良かった……あの『有効』は運が良かっただけなので、それで玲人さんにお願いなんてしていいのかって……」

「そんなことないよ、いい動きをしてた。黒栖さん、すっかり度胸がついて頼りがいがあるよ。チャンスを逃さない雪理も」

「私のほうこそ実力で当てられたわけじゃないのだけど……ごめんなさい、社さんの話に便乗してしまって」

俺も楽しみだと思っているのだから、社さんをどうこう言えなかったりする。

そして妹に留守番をさせるのはどうなのかという件については、雪理から申し出てくれた提案で解決することになるのだった。

第三章　休日の過ごし方

１　デートの定義

土曜日の朝は、空に雲がまばらに浮かぶ程度の晴天だった。

昨日の夜も『アストラルボーダー』にログインしたが、イベント開催の準備期間ということで、参加準備のためのレベル上げで時間を使った。

妹が起きてこないうちから目が覚めたので、朝食の準備を終えてテレビを眺める。

「――次のニュースです。先日都内に新たに発生した特異領域《ゾーン》は、結界構築を終えて小康状態となっています」

そんなニュースも流れているが、先週公開された映画が興行収入何億突破とか、動画サイトであの曲が人気だとか、日常を感じる話題がほとんどだ。

「お兄ちゃん、おはよー。あっ、すごーい、ご飯作ってくれたの？」

「ああ。口に合えばいいんだけどな」

「いただきまーす。ん、美味《おい》しい！　お兄ちゃん料理上手《じょうず》だね」

トーストに卵とソーセージ、スープ、サラダというメニューだが、妹が用意しておいたものを調理しただけだ。

「お兄ちゃんって、今日が初めてのデート？」

「い、いや……妹を連れて友達と買い物に行くのは、デートじゃなくないか？」

「女の子同士でもデートって言うでしょ。ようは、気持ちの持ち方次第っていうか」

英愛《エア》を連れていくことになったのは、家で一人にすることを雪理《せつり》と黒栖《くろす》さんが心配してくれたからなのだが、休日に妹と二人で外出というのは少し照れくさいものがある。

「私がお邪魔じゃないなら良かった。お兄ちゃん、優しいから」

「どちらかというと、優しいのは一緒に行く二人の方だな。俺は結構クールだから」

「あはは……そんなこと言って。昨日だって、ゲームしてるときお兄ちゃんの方がヒートアップしてたよ」

「あれはレアモンスターが出たから仕方がないな……今くらいの序盤にあいつが出るとかなりおいしいんだ」

「凄《すご》く強かったけど、お兄ちゃんがいたら倒せちゃうよね。さとりんといなちゃんのレベルも上がって良かった」

イベント参加には必須《ひっす》条件となるレベルがあるので、プレイヤーたちは一心に狩りをしていた。レベル7で良いので無理のない範囲だと思うし、俺たちも難なく達成できそうだ。

「お兄ちゃん、着ていく服はどんな感じ？」

「なんとか決めたけど、高校生ともなると、よそ行き用の服は一新した方がいいか……と少し思った」

「やっとお兄ちゃんもお洒落《しゃれ》に目覚めてくれたんだ。雪理さんたちも喜んで選んでくれるよ、きっと」

二人のお願いを聞くのは俺の方なので、俺の買い物はしなくてもいいのだが――まあ、それは実際行ってみての流れ次第か。

◆◇◆

朱鷺崎《ときさき》市の駅前は、買い物をするには困らないくらいには店が充実している。同時多発現出の直後で復旧工事を行っている場所もあるが、市民の生活には影響がないようだった。

「あの子可愛《かわい》くない？　隣にいるの彼氏かな」

「ハーフなのかな、髪の色すごい綺麗《きれい》……いいなー」

同年代か少し上くらいの若い女性たちが、英愛の噂《うわさ》をしている――本人は気に留めていないないのか、俺と目が合うと楽しそうに笑う。

妹は俺から見ても服のセンスがあるというか、ガーリースタイルがよく似合っている。俺が着ていく私服まで妹が選んでくれた。

「それにしても楽しそうだな……というか、テンション上がってるな」

「だってお兄ちゃんの新しい服が買えるんだもん。お兄ちゃんを常にかっこよくするのは妹の務めだから」

なぜか胸を張って言う英愛——言っていることは普通に嬉しいが、素直にそう言いづらい。

「俺よりも、他の二人の買い物の方が重要任務なんだけどな」

「うん、私も楽しみ。二人ともアイドルみたいに可愛い人たちだから、何を着ても似合っちゃうよね」

「ま、まあ……確かにな。何より二人が楽しんでくれればいいんだけど」

「お兄ちゃん、雪理さんと恋詠《こよみ》さん、どっちの方がタイプなの？」

「っ……いきなり何を聞いてるんだ」

二人の知らないところでどちらがタイプだなんて言うのは、良くないことなのではないだろうか。しかし真面目《まじめ》に考えないのも、それはそれで失礼な気がする。

クールに見えて内面は情熱的なところがあって、勇敢《ゆうかん》に戦う姿が可憐《かれん》な雪理。

大人しくて引っ込み思案なところはあるが、いつも一生懸命で、癒《いや》されるところのある黒栖さん。

「二人の良いところは、まだ会ったばかりだけど言い尽くせないほどある。俺は二人に感謝してるし、これからも……」

「……大事な話をしているところ悪いのだけど、そろそろ後ろから声をかけるのはやめた方がいいのかしら」

文字通り、心臓が止まるかと思った――振り返ると、雪理と黒栖さんが二人で立っていた。

雪理はほんのり、黒栖さんは耳まで真っ赤になっている。

「あ、あの、わ、私も、玲人さんに対して同じことを思っていてっ……でも折倉《おりくら》さんの方が玲人さんの理想には近いんじゃないかと……い、いえ、勝手に決めちゃ駄目なんですが……っ」

「落ち着きなさい、恋詠。私の方まで落ち着かなくなってしまうでしょう」

「はわっ……す、すみません……」

ここまで来る途中で二人で何を話したのか――雪理の黒栖さんに対する呼び方が変わっている。雪理らしいといえばそうだが。

今日は日差しが強いからか、雪理は帽子を被《かぶ》っている――白が似合う彼女らしいコーディネートだ。黒栖さんは今日も前髪で顔を隠しているが、ジャンパースカートがよく似合っている。

「こんにちは、雪理さん、恋詠さん。兄がいつもお世話になっています」

「ええ、こちらこそ。英愛さん、今日は来てくれてありがとう」

「いえいえ、お留守番の私を気遣ってくれて、申し訳ないです。でも、すごく嬉しいです」

「私も会えて嬉しいです。よろしくお願いしますね」

三人ともすでにある程度通じ合っているというか、和気あいあいとしているようだ——そういうことなら安心だが、さっきの話を聞かれていた恥ずかしさがまだ尾を引いている。

「早速ですけど、まずどこのお店に行きます？」

「英愛さんは行きたいところはある？　私たちは、駅前デパートに用があるのだけど」

「あ、私も好きです！　都心に出なくても色々買えて便利ですよね」

「お買い物のあとはカフェに入ろうとお話ししていたんですが、玲人《れいと》さんは良いですか？」

「ああ、俺はどこでも行くよ。というか、エスコートできるほど駅前に詳しくなくてごめん」

「いいのよ、一緒にいてくれるだけで意味があるんだから。女の子のショッピングっていうのはそういうものよ……と、揺子が言っていたわ」

「私もそう思います、お兄ちゃんと一緒だとなんでも楽しいですよね」

「では、行きましょう……あっ、い、いいんですか？　私なんかと手を……」

「いいんですいいんです。お兄ちゃんも繋《つな》ぐ？」

妹の天真爛漫《てんしんらんまん》ぶりには、俺としてもお手上げだ——会ったばかりの俺の友達と手を繋ぐとは、大胆《だいたん》というかなんというか。

雪理と黒栖さんが俺を見てくるが、さすがに俺も加わって手を繋ぐという選択は浮上しなかった。というか、往来で四人並んで手を繋ぐというのは普通に通行妨害だ。

◆◇◆

雪理と黒栖さんが何を買いに行きたいか――というのを、俺は事前に聞いていなかった。

それが平和惚《へいわぼ》けだったと、二人に連れられて行った先で痛感することとなる。

「いらっしゃいませ、雪理お嬢様」

デパートの女性向けフロアの一角を埋めている店。それは女性向けの水着と、アクアスポーツ用品を置いている店だった。

英愛が目を輝かせているが、俺はどんな顔をしていいのか分からない。一緒にいてくれるだけで意味があるとはいえ、女性向け水着ショップで男ができることとはなんなのか――なんとなく水着を着たマネキンにも視線を向けづらい。

「電話していたとおり、合宿で使う水着が必要なの。選ばせてもらえる？」

「ありがとうございます。まずデザインを決めていただいたあと、採寸してオーダーメイドで作らせていただく形になります」

「ええ、お願い。黒栖さん、勝手に進めてしまっているけれど、私と一緒のお店でいいかしら」

「は、はい、大丈夫です。でも私、その……」

黒栖さんが何か雪理と内緒話をする――俺は耳をそばだてないように、かつソワソワとしていることが気取られないように努める。

「……そうだったのね。それならなおさら、今回は気に入ったものを選びましょう」

「っ……ありがとうございます。私、女の子の友達と買い物に来たりしたことがあまりなかったので……」

「私は揺子《ようこ》と一緒に来るのだけど、彼女は今日、どうしてか恥ずかしがってしまって。なんとなく理由は分かるけれど、困ったものね」

そこでなぜ俺を見るのか——坂下《さかした》さんはもしかしなくても、水着を買うのに俺が付き合うのが恥ずかしかったということなのか。

「お兄ちゃん、責任重大だね」

英愛が耳打ちをしてくる——肩に手をかけて背伸びをするのは危険だ、腕に何かが普通に当たっている。それを気にしないのが兄の務めだ。

「俺に関与する余地はないと思うんだが……責任とは？」

「お兄ちゃんに見てほしいってことでしょ」

「み、見るって……必要か、それは」

「水着だから恥ずかしくないよ。私だってお兄ちゃんに水着を見られても平気だし」

「英愛さん、あなたも一緒に選ぶ？　水着を買う必要があればだけれど」

「えっ、いいんですか？　私、お兄ちゃんのおまけでついてきただけなのに」

「そんなことはないわ、私のバディの妹は、私にとっても妹みたいなものだもの」
雪理は微笑《ほほえ》んで言う——とても言えやしないが、英愛と俺の意見はそのとき完全に一致していただろう。『女神か』と。

2　水着とパンケーキ

この店の試着スペースは、個室型の試着室というわけではなく、広い別室が設けられていた。

雪理、黒栖さん、そして英愛が案内されて中に入り、十五分ほどが過ぎている。急《せ》かすなんてことはないが、コーヒーを出されて待つこの時間が、落ち着かなくて仕方がない。

「それにしても驚きました、雪理お嬢様がお友達を連れていらっしゃるなんて」

「ははは……俺も驚いてますが、必要な買い物ということで」

店員さんは三十歳前後に見えるが、俺に対して完全に敬語だ——接客対応であれば変なことでもないが、雪理の友人というのがやはり大きいのだろう。

「お嬢様とは高校でお知り合いになられたのですか？」

「はい、通ってる科は違うんですが、縁あって……」

「そうなんですね。これからもお嬢様とご懇意《こんい》にしていただけましたら、私どもも大変嬉しく思います」

「こちらこそ、ご丁寧《ていねい》にありがとうございます」

話していると、試着室の中からもう一人の店員さんが出てきた。何かあったのだろうか、と思っていると――俺のほうを見て微笑む。

「神崎様、お嬢様がたがお呼びですので、こちらでお待ちください」

「は、はい」

逃げるわけにもいかず、試着室前まで連れていかれる。呼ばれたら入室するようにと言われ、椅子《いす》に座って待っていると、話し声が聞こえてきた。

「あ、あのっ、やっぱり私、こちらの方の水着で……」

「それも似合っていると思うけれど、いいの？」

「あはは……恋詠さん、これってスクール水着ですよ？」

「合宿での自由時間に使用する水着だから、デザインは自由に選んでいいのよ。胸が苦しかったのならサイズの調整をすればいいわ」

「い、いえ……その、上下がこういった形で分かれている水着は、やっぱり色々……その、見えてしまって……」

「そうね……じゃあ、こっちの水着はどうかしら」

何が見えているのか、とても気になる。かつてないほどの動揺《どうよう》――こんな時こそ呪紋《ルーン》を使い、精神を落ち着けなくてはならない。右手にリラクルーン、左手にリラクルーン、極大鎮静呪《きょくだいちんせいじゅ》紋《もん》ツインリラクルーン――なんてものはない。

「雪理さんは大胆《だいたん》な水着なのに落ち着いてて、もう女優さんって感じです……凄《すご》いです」

「そんなことはないわ、大胆というのはこういうデザインのことだから」

「っ……ほ、ほとんど紐ですね……」

「そちらはカタログには載せておりますが、お嬢様方がお召しになるには少し……」

「動きやすいのは良いけれど、布地が少なすぎるわね。全体のバランスを考えないと」

「でも、大胆な方がお兄ちゃんが喜んだり……はしないかな？」

　布地の少ない水着が好きというわけではない、いや好きなのかもしれないが、二人に着てもらいたいなんてそんなことは――と、英愛の発言に動揺させられる。

『…………』

「……え、えっと……玲人さんがお好きかどうかは置いておいて。すみません、この水着にしようと思います……っ」

「かしこまりました。では、一度見ていただきましょうか」

　ついにお呼びがかかる。試着室の扉が開き、俺の目に飛び込んできたのは――それぞれビキニタイプの新しい水着を身に着けた、雪理と黒栖さんの姿だった。

「待たせてごめんなさい、玲人。この水着にしようと思うのだけど……」

「い、いかがでしょうか……その、この夏はこのタイプが流行《はや》りだそうで……」

分かってはいたことだが、二人とも胸が大きいので、ビキニだと隠しようもなくその豊かさが強調される。

さっきまで服を着ていた二人が、肌を露わにした水着姿でいる。本当に見てもいいのだろうか、そう思わずにはいられない光景だ。

「……見るだけじゃなくて、そろそろ何か言ってほしいのだけど」

「っ……あ、ああ、凄く似合ってる」

「それだけじゃなくて……なんて、言わせているみたいで良くないわね。黒栖さんの水着はどうかしら」

雪理よりさらに胸が大きい黒栖さんが、どうやって新体操をやっていたのか――なんてことを考えてしまっている俺は、一度怒られた方がいいと思う。

「その……このタイプだと、最初に試着したタイプより、おとなしめというか……あまり、肌が出ていないので……」

肌が出ていないほうでこれなのか――それこそ、変更する前は紐に近かったんじゃないだろうか。駄目だ、俺の脳は熱でやられている。

それにしても、さすがは折倉家御用達《ごようたし》の店だと言わざるを得ない。これほど二人に似合う水着が見つかるとは――英愛も着ているのだが、ちゃっかり自分だけは上にお店のロゴが入ったTシャツを着ている。

「お兄ちゃんはこの水着が気に入ったってことでいいのかな？」

「あ、ああ。気に入ったというか……俺はここにいてもいいのかって感じだけど」

率直《そっちょく》な気持ちだが、雪理と黒栖さんは顔を見合わせ、顔を赤らめつつ笑う。

「本当に見てくれると思わなかったから、玲人には百点をあげるわ」

「っ……そ、そうだったんですか？」

「玲人の意見は聞きたかったけれど、やっぱり改めてこうしてみたら恥ずかしいもの」

「お嬢様、大変堂々としていらっしゃいました」

恥ずかしいけれど俺に見せたかったと言われて、感激しないわけもない——しかし。

試着室から出されたあと、鼓動が速まりすぎていることに気づいた俺は、自分を落ち着かせるために苦労することになった。

◆◇◆

それからメンズのフロアに移動して、水着を見てもらったお返しとばかりに大量の試着をさせられた。

三人それぞれの意見を尊重して結構服を買ったので、自宅に送ってもらった。その後は黒栖さんが話していた通りに、駅前通りにある人気のカフェにやってきた。

「パンケーキをお店で食べるのは初めてなのだけど、すごく美味《おい》しい……シェアして食べるには丁度《ちょうど》いいわね」

「は、はい……英愛ちゃんは大丈夫ですか？」

「はむっ……はぁ～、美味しい。こうしてクリームの山を崩すときって、幸せ感じちゃいますよね♪」

　男性でもギブアップするラーメンを平気で攻略してしまう妹は、今回も一人で特大パンケーキに挑んでいた。俺は飲み物だけで良かったのだが、妹に押し切られて普通サイズのパンケーキを食べている。後でシェアしたいとのことでソースとトッピングは異なっているが。

「じー……」

「な、なんだ？　ちゃんと俺も食べてるぞ」

「そうじゃなくて、こんなにいっぱい食べても成長の差が……って思ってるでしょ」

「っ……い、いえ、英愛ちゃんはちっちゃい方が……ではなくて、成長期がまだまだこれからだと思いますし……っ」

　黒栖さんの反応で、英愛が何の話をしてるか気づく。雪理も黒栖さんも、確かに栄養がある箇所《かしょ》に集中して――視線を送ったら社会的に死ぬので、迂闊《うかつ》な動きはできない。

「それだけ食べても凄く痩《や》せているのよね。英愛さんは何か部活をしているの？」

「えっと、水泳部に入ってます。それと家庭科部も」

「そ、そうなのか？　俺も初耳なんだが」

「うちの中学校は、部活にいくつ入っててもいいから。夏はプールに入れるし、さとりんといなちゃんも入ってるよ」

　エンジョイ勢的な部活ということなら、試合に向けて猛練習とかそういうこともないということか。そして友達三人で水泳部というのも、泳ぐのが好きなら楽しそうではある。

「水泳は私もトレーニングでしているのよ。学園にも温水プールがあるしね」

「いいなー、うちの学校のプールって夏だけなので」

「うちの附属中学の生徒なら、学生証があれば入れると思うわ。英愛さんも、黒栖さんも良ければ一緒に行きましょうか。玲人は泳ぐのは好き？」

「プールの授業は毎年楽しみだな。暑い季節のオアシスだから」

「お兄ちゃんと競争してみたいな。私はクロールが得意だから、クロール勝負ね」

「自分のフィールドに引き込んでいくな……まあ英愛の方が速そうだけどな」

「じゃあ、早速明日あたり予定を入れていい？　トレーニングのついでに一時間くらい」

「一時間でも嬉しいです、みんなで遊べるなら」

　土日というと中学時代はゲームに熱中していたものだが――『アストラルボーダー』の攻略も重要だが、外に出る用事も疎《おろそ》かにはしたくない。

　平日も雪理とは会う時間があるが、科の違いはやはり大きい。彼女のトレーニングを見られるかもしれないし、一緒にやれるなら勿論《もちろん》それでもいい。

「じゃあ……明日は学園に集合ってことでいいかな」

「ええ。玲人、トレーニング用の着替えを持ってきてね。黒栖さんも」

「はい、ちゃんと持っていきます。お誘いいただいてありがとうございます……っ」

「今日、これで解散になっちゃうの少し寂しいなって思ってたので嬉しいです。お兄ちゃん、明日も一緒だね」

「ま、まあそうだが……」

英愛が人前でも俺に懐いていることを隠さないのは、少々こそばゆいものがある。

「『まあそうだが……』なんて、硬派な答えね、玲人。お兄ちゃんの威厳を保とうとしているというか」

「っ……せ、雪理。今日は結構キレが鋭いな……」

「ふふっ……いえ、もっと喜んでほしいと思っただけよ。こんなに可愛《かわい》い妹さんなのだから」

「玲人さんと英愛さんを見ていると、その……微笑《ほほえ》ましいというか、いいなって思います」

「あはは……ごめんお兄ちゃん、私も今さら恥ずかしくなってきちゃった」

それこそ今さらだと思うが、勿論悪い気がするはずもなく。

「お兄ちゃん、そろそろ交換する？」

「ああ、そうだな」

「チョコバナナも美味しそうだよね。私のベリーパンケーキも、はい、あーん」

ごく自然に差し出してくる英愛は、やはり策士だ――クリームが落ちてしまう前に食べなければならない、つまり選択の余地はない。

「美味しい？」

「そりゃ美味《うま》いけど……自分で食べられるからな？」

「やっぱり。私でも、玲人のリアクションは想像がついたわ。これをツンデレ……？　って言うのかしら」

「え、えっと……玲人さんは、あまりツンとしたところはないと思います」

じゃあデレしかないのか、と黒栖さんには言い返しにくい。そして俺は再び妹に差し出されたパンケーキを、餌付《えづ》けされるかのように食べるしかないのだった。

3　魔獣とテイム

日曜日――部活で出てきている生徒がいるからか、学園は意外と賑《にぎ》やかだった。

「私も再来年は、お兄ちゃんとこうやって毎日通うんだね」

「学園前の上り坂、きつかったろ」

「ううん、あれくらいなら全然。私こう見えても体力あるから、持久走とか得意だし」

「いろいろと優秀だよな……勉強方面はどうだ?」

「成績も良いほうだよ。あんまり言うと自慢してるみたいだから、控えめにしておくね」

この言い方だと学年上位も普通にありそうだ。彼女は何を持ち得ないのだ、とか中二病的なことを考えてしまう。

「……あれ？　あの人、何してるのかな」

「ん……」

あれは——姉崎《あねさき》さん。ジャージ姿の彼女が、駐輪場近くの茂みに向かって座っている。

「ちっちっちっ。出ておいでー」

茂みの中に何かいるのだろうか。学園には結界が張られているが、無害な動物なら中に入ってくることもあるのか——それとも、元から学園内にいたのか。

姉崎さんはバッグから何か取り出している。食べ物で釣ろうとしているようなので、やはり生き物を見つけたようだ。

「ほーら、トレーニーの栄養補給にぴったりなプロテインバーだぞー。美味ちいでちゅよー……あー、何やってるんだろあーし」

「姉崎さん」

「はひゃぃっ……!?」

気を遣って音を立てないように近づき、声のボリュームを落として話しかけたが、姉崎さんを思った以上に驚かせてしまった。

「あ、ああ、レイ君……おはよ、今日はいいトレーニング日和《びより》だよね、あはは」

「お姉さん、どうしたんですか？　何か見つけたみたいでしたけど」

「あ、この子がレイ君の……せつりんから聞いてるよ、え、ちょっと可愛すぎない？」

「そんなことないです、お姉さんの方がかっこいいです」

姉崎さんが俺と英愛を見比べるが、その気持ちは分かるので文句は言えない。英愛は照れて髪を触っているが、その仕草も姉崎さんにはいじらしく見えたようだった。

「分かる人には分かっちゃうよね、あーしのジャージ姿の魅力が」

「姉崎さん、それで話は戻るんだけど、そこに何が……」

「ああっヤバ、逃げちゃってないよね？　あ、いたいた。何もしないでちゅから出ておいでー……じゃなくて、出てきてどうぞー」

思い切り赤ちゃん言葉になっているが、犬や猫に対してそうなる人はそれなりにいると思われる。そこまでの動物好きだなんて、ギャルらしい容姿の姉崎さんのギャップがまた一つ増えてしまう。

「あっ、出てくる……っ！」

「えっ、ちょっ……!?」

「――っ！」

茂みから飛び出してきた生き物は、腕を広げていた姉崎さんに抱きとめられる――勢い余って後ろに倒れそうになった姉崎さんを、なんとか反応して支える。

「はぁ、びっくりした。おいたしちゃ駄目でちゅよー……あれ？」

「この子、リス……かな？」

学園の敷地内にリスがいるというのも、この学園の立地を考えると絶対になくはないのだろうが――姉崎さんの胸にしがみついている動物は、可愛らしい顔でクンクンと匂《にお》いを嗅《か》いでいる。

「あはは、くすぐったい。えー、どうしよ、可愛すぎるんだけど。学園内でリスって飼っていいの？」

「首輪とかはついてないし、学園で飼われてないようなら、許可を取れば大丈夫じゃないかな」

「ふーん、そうなんだ。うわ、この子めっちゃ尻尾《しっぽ》ふわふわしてる」

「……あれ？　お兄ちゃん、この子昨日ゲームで……」

「え……？」

妹に言われて、俺はリスのような動物を近くで見る。

全《まった》く同じ姿というわけではないが、昨日『アストラルボーダー』にログインしたときに遭遇《そうぐう》したモンスター『リズファーベル』によく似ている――ような気がする。

「ということは、まさか……魔物か？」

『アストラルボーダー』に登場するモンスターが、実在の魔物をモデルにしている。それはありえなくはないが、住民に被害を出すような魔物をモデルにすると、今のご時世では炎上騒ぎになりそうだ。

「ま、魔物でも、あーしはこの子を見捨てないからね……！」

姉崎さんがリスを抱きしめる――彼女の言葉がわかっているかのように、リスはミー、ミーと鳴いている。リスのようだが鳴き声は子猫のようだ。

「無害と確認できれば、まあ大丈夫……じゃないかな」

「ほんと？　良かったー……ふわふわリスちゃん、良かったね。レイ君が飼っていいって」

《玲人様、こちらの生物はＥランクの魔物のようですが、よろしいのですか？》

俺はこのリスから魔力を感じないが、イズミには判別ができるようで、そう教えてくれる。姉崎さんと英愛を気遣ってか、音声を出さずに伝えてくれた。

『Ｅランク……ヒュージトロール、レッサーデーモンと同じくらいか』

《はい。データバンクには目撃例が少ないため、生態など詳細は不明とあります》

『……前回の、同時多発現出。あの時に紛《まぎ》れ込んだのか』

《その可能性は高いと思われます。学園周囲の侵入防止フィールドが――結界《けっかい》と呼称しますが、一時的に破壊されておりますので》

『じゃあ……俺はどうするべきかな』

《『魔物使い』の方にご相談されるというのはいかがでしょう》

ウィステリアに憑依《ひょうい》していた『無名の悪魔』については、俺の制御下に置く手段はある。

しかしこのリスは、実体があるので『スフィアライズ・サークル』で封印することはできない。

もちろん魔物である以上、見た目が可愛《かわい》いからと油断することはできないのだが——姉崎さんに懐いている姿には、どうも凶悪なものは感じない。

「ふぉぉ、なんかめっちゃふみふみしてくるんだけど……肉球ぷにぷにしてる」

「リスって肉球あるんだっけか……って、それは置いておいて。姉崎さん、俺のコネクターが分析してくれたんだけど、やっぱり魔物みたいだ」

「そうなんだ……確かにリスっぽいけど、本物のリスそのものじゃないっていうか……これはちょっと違うよねー」

リスの額についている小指大の宝石。俺は昨日、これのドロップを狙うためにレアモンスターを追い回したわけなので、少し複雑な気分ではある。

しかし『リズファーベル』が持っている宝石は白いはずである。このリスの額についている宝石は赤い——姿が似ているだけで、違う魔物なのだろうか。

《登録名称は『小型魔獣NO．661』です》

それは名前がないということではないだろうか。未識別の魔物が学園内にいたと発覚したら、騒ぎになりかねない。

「レイ君、どうしよっか……？」

いつも快活な姉崎さんが、急にしおらしくなる——そんな姿を見せられると俺としても弱い。

「大丈夫、きっとなんとかなる。この学園に『魔物使い』の人っているのかな」

「あ、討伐科《とうばつか》にいるって聞いたことある。でもうちらより一個上なんだよね」

「二年生か……」

休日なので学校に出てきているかどうかも分からない——と思ったが、姉崎さんは何か思い当たったらしく、表情が明るい。

「魔物使いの人はだいたい『魔物研究部』って部活に入ってるんだって。休みの日も部室にいたりしそうじゃない？」

「なるほど、ありうるな。集合時間まで少し余裕があるから、急いで行ってみよう」

「お兄ちゃんたちの学校ってそういう部活もあるんだ……すごーい」

俺も初耳なので、どんな活動をしているのか気になる。

この学園で一番出現する魔物が強い特異領域《ゾーン》でＥランクの魔物が出現するということは、魔物使いの人の実力次第でこのリスを調教《テイム》できる可能性がある——なんにせよ、会えるかどうかが問題だが。

◆◇◆

討伐科の校舎二階にその部屋はあった。『魔物研究部』――在室中という札が出ているので、扉をノックする。

「はーい……あら？　神崎《かんざき》君、こんにちは」

扉を開けて姿を見せたのは、紫色の髪を三つ編みにした女性――武蔵野《むさしの》先生だった。

「すみません、急にお邪魔してしまって。先生、ここにいるってことは……」

「ええ、私はこの部の副顧問《ふくこもん》なのよ。教科の受け持ちは冒険科だけれど、大学の時に魔物研究を少しやっていたから」

「先生、ここに『魔物使い』の人っていますか？　あーしたち、その人に用があるんですけど……ひゃっ……！」

どのタイミングでリスのことを先生に伝えようか――と迷っているうちに、姉崎さんのジャージの中に隠れていたリスが顔を出してしまった。

「っ……こ、この子……普通の動物ではない、ようですが……？」

「あ、あわわ……まだ出てきちゃ駄目って言ったのに……」

「先生、この魔物を『魔物使い』の力で人に慣れさせるというか、そういうことは可能ですか？」

「ええ、魔物を手懐《てなず》ける方法があるので、その条件を満たせば……ですが、人間の手で調教《テイム》できない魔物もいます。『魔獣』に類する魔物であれば、試してみても良いかもしれないですね」

「『小型魔獣』って分類で、特定の名前はまだついてない種類みたいです」

「私も似た魔物をデータで見たことはありますが……その魔物とも少し違いますね。ところで神崎君、先にそちらの可愛い女の子のことを聞いても良いですか？」

　武蔵野先生が俺の後ろにいる英愛を見て聞いてくる。英愛はそろそろと前に出て、ぺこりと頭を下げた。

「初めまして、神崎玲人の妹で、英愛と言います。兄がいつもお世話になっています」

「こちらこそお世話になっています、神崎君の担任の武蔵野梢《こずえ》です。英愛さんは附属中学に通っているの？」

「はい、二年生です。今日はお兄ちゃんの付き添いで来ました」

「付き添いというか、妹もここのプールは利用できるって話を聞いて……」

「そうですね。この学園の関係者で、学生であれば大丈夫です。では『魔物使い』の生徒でしたね、紹介しますので私も立ち会って良いですか？」

「はい、お願いします」

　武蔵野先生に続いて部屋に入ると、左右の壁際に置かれた書棚《しょだな》にぎっしりと資料が入っている。『魔物の生態』『特異領域という新たな環境』――俺が知っている『元の現実』ならば、存在し得なかったような本ばかりだ。

部屋の奥にある机の前には、長い黒髪の女子生徒が座っている。机の上には大きめのカゴが置いてあり、中には一匹の鳥がいた。

「犬飼《いぬかい》さん、ちょっといい？　お客さんがいらっしゃったわよ」

「……？」

振り向いた女子生徒を見て姉崎さんと英愛がビクッとする――長い黒髪が顔にかかって、ジャパニーズホラーに出てきそうな感じになっている。

「………」

こちらを見て全く動かない――と思いきや、髪の間から見える唇がかすかに動いている。

《神崎玲人が『魔力眼』を発動》

こんなときに使うものでもないと思うが、こうすると唇の動きがスローモーションで見える。どうやら『どちらさまですか』と言っているようだ。

「え、えーと。俺は神崎玲人と言います」

「ふぇっ……レ、レイ君、犬飼先輩の考えてることわかるの？」

「彼女はとても声が小さいので、私もすごく近づかないと聞こえないんですが……神崎くんは聴覚が鋭いんですね」

「いや、そういうわけでは……と、それは置いておいて。犬飼先輩が『魔物使い』だと聞いてきたんですが、少しお時間を頂いていいですか？」

犬飼先輩はこくりと頷《うなず》く。そして別に顔を隠しているわけではないらしく、黒髪を後ろに流した。

「……魔物の匂《にお》いがします……その子から……」

「えっ、あーしからリスっぽい匂いしてますか？」

ジャージの中に入れているのだから多少は獣の匂いがするかもしれないが、それにしても犬飼先輩の嗅覚《きゅうかく》が優れていることがうかがえる。

「すごいところに入れて連れてきたのね……」

武蔵野先生に感心されつつ、姉崎さんがジャージのファスナーを開けた――その瞬間。

「っ……」

「きゃっ……す、すみません犬飼先輩、こら、誰にでも飛びついちゃ駄目でしょ」

姉崎さんの胸元から飛び出してきたリスが、犬飼先輩の胸に飛びつく。犬飼先輩は少し驚いていたが、落ち着いて受け止めると、リスの頭を撫《な》で始めた。

《犬飼小夜《さよ》が『カームセラピー』を発動》

「めっちゃ気持ちよさそう……って、寝た!? ちょ、どうやったらそうなるんですか?」

リスの瞳が閉じがちになり、そのまま眠りに落ちる。犬飼先輩はリスを机の上に寝かせると、頬袋《ほおぶくろ》のあたりを撫でて微笑《ほほえ》んだ。

「……『魔物使い』のスキルで、この子を大人しくさせました。こちらに敵意がない場合に有効です……」

「先輩のスキルが効くっていうことは、この魔物を手懐けるというか、調教《テイム》みたいなことは可能ですか? ……って……」

犬飼先輩が席を立ち、俺の顔を覗《のぞ》き込んでくる——座っている状態では分からなかったが、彼女はかなり背が高い。

「……魔物使いが魔物を従えることを調教《テイム》と言います……よく、ご存じですね……」

「神崎君がどんな知識を持っていても、もう驚きませんね……いえ、褒《ほ》めたい気持ちではあるんですけど、先生よりずっと強いですからね」

「先生があっさり負けを認めちゃうって、それっていいんですかー?」

「うっ……耳が痛いですけれど、事実なので仕方がないですね。Cランクの魔物を無傷で倒すなんて、私には無理でしょうし」

武蔵野先生も『水棲獣《すいせいじゅう》のデーモン』と戦えるだけの強さはあるということか。魔物と戦う授業があるのだから、教官にも強さが求められるのは必然といえる。

「……あ、あの。犬飼先輩、その、距離が……」

「……私に、この子をテイムしてほしいと……そういうことでしょうか……」

犬飼先輩の声は穏やかでとても優しい。しかしこの距離感は――声が小さいから不可抗力《ふかこうりょく》なのかもしれないが、普通に胸が当たりそうになる。

《警告　犬飼様とパーソナルエリアが干渉《かんしょう》しております――ゲーム内の警告はこのようなものでしたでしょうか》

イズミが一応言っておかなければ、というように注意してくる。犬飼先輩に離れてもらうより、俺が一歩下がれば――しかし犬飼先輩も一歩前に出てくる。

「犬飼さんって前のめりなところがあるから、少し距離感が近いのは大目に見てあげてね。男の子にはこうなっちゃうのは初めてだけど」

「レイ君ってそういうとこあるよね、人を惹《ひ》きつけちゃうっていうか。あーしもすぐ気に入っちゃったし」

「え、えっと、犬飼先輩すみません、その、当たっちゃうので……」

「……ごめんなさい、私のなんかが当たったら、神崎さんも嫌ですよね……」

「ま、まあその、適切な距離で話せたら嬉しいです。俺は犬飼先輩が話してること、これくらいの距離でも分かりますから」

「あーしらにはほとんど聞こえないんだけど。とりま、このリスちゃんをなんとか飼えるように、ご協力お願いします！」

姉崎さんが勢いよく頭を下げる。犬飼先輩はこくりと頷くと、今度は英愛に近づいた。

「先輩、私に何かできることってありますか？」

「……この子は、仲間がいなくて寂しがっていたみたいです……あなたたち三人をパーティとみなして、その中にあなた……英愛さんがいたから……ついてきたそうです……」

「えっ……私じゃなくて姉崎先輩がここまで連れてきたのに、そうなんですか？」

「そういえば、あーしが呼んでもなかなか出てこなかったもんね。なのに、レイ君と妹ちゃんが来てくれたらすぐ出てきてくれたし」

『旧アストラルボーダー』で知り合った『魔物使い』のプレイヤーも言っていた。魔物を仲間にするには、パーティに魔物に警戒されにくい人物がいると成功しやすいと。

俺のパーティではミアが魔物から敵意を向けられにくく、彼女のおかげで戦闘を回避できることもあった。

「……あれ？　犬飼先輩って動物の言葉が分かるんですか？」

「はい……本を読んで勉強して、『魔物言語』のスキルが身につきました……万能というわけではないので、分からない場合もありますが……」

「ふんふん……あーしも慣れてきたら聞こえるようになってきた、先輩の声。めっちゃ可愛《かわ》い声してますよね」

「……そんなことはないです。身体《からだ》が大きいのに、声がこんなふうだと……」

「声優さんみたいな声で羨《うらや》ましいです。お兄ちゃんは？」

「あ、ああ……それは確かに」

犬飼先輩は俺を見やると、顔を赤くしてそっぽを向いてしまう。

《犬飼小夜様の感情バイオリズムに変化が生じておりますが、詳細に分析しますか？》

イズミは状況を楽しんでいるのではないかと思えてくるが、たぶんその通りなのだろう。

「あ、あの……先輩、このリスをテイムする方法は……」

「先生が犬飼さんの代わりに伝えるわね。ええと……そうよね、そうなるわよね。ふむふむ、分かりました。英愛さんの魔力を少し分けてほしいのだけど、良いですか？」

「私、魔力の使い方とかはまだ勉強してないんですけど……それでも大丈夫ですか？」

「ええ、この『ムスビの実』に触れれば、必要な魔力が込められるから」

小型の魔獣を手懐《てなず》けるには、魔力を込めた餌《えさ》を与える――それは『旧アストラルボーダー』と同じ部分だ。そして、犬飼先輩は武蔵野先生にさらに何か伝えている。

「……テイムのために、それが必要なのね。英愛さん、変なお願いでごめんなさい……髪の毛を一本分けてもらってもいい？」

「えっ……髪の毛ですか？」

「テイムする魔物の身体に『使役具《しえきぐ》』をつける必要があるのだけど、このリスの場合は足輪をつけようと思うのね。その足輪に、この子に好かれているあなたの身体の一部を使う必要があるそうなの」

「はい、それなら大丈夫です」

犬飼先輩は英愛の髪の毛を一本受け取ると、机の中から赤い紐を取り出す。それに英愛の髪を編み込んで輪を作る——あれよと言う間に小さな足輪が完成し、それをリスの足につける。

そして武蔵野先生から渡された小さな木の実——ムスビの実に英愛が触れる。英愛の身体が淡く輝き、木の実が呼応して光を放つ。

《神崎英愛が『ムスビの実』を使用》
《神崎玲人が回復魔法スキル『ディバイドルーン』を使用》

「っ……あ、ありがと、お兄ちゃん……」

「念のために魔力を回復しておいた。大丈夫か？」

「うん、私は元気。犬飼先輩、どうぞ」

犬飼先輩は『ムスビの実』を受け取り、リスに差し出す。リスは特に躊躇《ためら》うこともなく木の実を口に入れた。

「……犬飼小夜の名のもとに果実を捧げ、契《ちぎ》りを交わす。彼らに従属せよ」

《犬飼小夜が『魔物調教』を発動》

リスの足元に魔法陣が生じて、辺りを煌々《こうこう》と光が照らす――そして。

《神崎玲人のパーティに『小型魔獣ＮＯ．６６１』が所属》

《玲人様、魔物の識別名称を変更しますか？》

「姉崎さん、英愛。このリスの名前はどうする？」

「あーしたちが決めていいの？　妹ちゃん、どうしよっか」

「えっと……リスみたいなので、リリスちゃん。女の子なのかな？」

「……この子は女の子です。雌雄《しゆう》のない魔物もいますが……」

「んーと、尻尾《しっぽ》がフワフワしてるからフワリスちゃん……ちょっと語呂《ごろ》悪い？」

「それなら、フワリちゃんはどうですか？　きゃっ……！」

英愛がそう言うと、リスが素早い動きで英愛の身体を駆け上がり、肩の上に乗った。

「はぁ、びっくりした……」

「フワリちゃんっていう名前、気に入ったんじゃない？」

英愛の頬にすりすりと頭を寄せているリスを見て、犬飼先輩と武蔵野先生も微笑ましそうにしている。俺は声には出さず、イズミに今決まった識別名称を伝えた。

《識別名称を『フワリ』に変更しました。以後、私から現在状況をお伝えする際に使用します》

「テイムした魔物なら、連れていても大丈夫ですか？」

「ええ。このカゴの中の子も犬飼さんがテイムした魔物ですが、学園から飼育許可が出ています。フワリちゃんのことも申請しておきますね」

「ありがとうございます。犬飼先輩、このお礼は改めてさせてください」

「……『ムスビの実』……テイムに使う果実を採取しないといけないので……もしよろしければ、またご一緒に……」

「ムスビの実が手に入る特異領域《ゾーン》は学園外にあるので、入るのであれば私も同行しますね。その時はよろしくお願いします、神崎君」

「あーしも一緒に行っていい？　レイ君来週は試合あるから、行くのはその後だよね」

「そうなるかな。犬飼先輩、また改めて日程を相談させてください」

犬飼先輩は制服から手帳を出す――何かを書き込んでいるようだ。

魔物研究部の部室を出ると、雪理から電話が入った。すでに着いているとのことで、俺たちも集合場所のトレーニングルームに急いだ。

４　トレーニングタイム

風峰《かざみね》学園の構内にあるトレーニングジムは、一階がプール、二階がトレーニングルームとなっている。

ジャージに着替えてトレーニングルームに行くと、雪理、坂下さん、黒栖さんの三人が話をしながら待っていた。

「せつりん、揺子ちゃん、こよちゃん、お待たせー！」

「姉崎さん、凄《すご》く上機嫌ね……何かあったの？」

「あーしも今日早めに来てたんだけど、駐輪場の近くでちょっとね」

今は姉崎さんではなく、英愛がフワリを連れているのだが――雪理たちに紹介する前に。

「きゃっ……えっ、あ、あの、この子は……っ」

「やっぱり人懐っこいよね。魔物っていうイメージもあんまりないし」

「魔物……一体何をしてきたのか、まず聞いておく必要があるわね……こら、おいたは駄目よ」

黒栖さんの胸にしがみついていたフワリを、雪理はこともなく後ろからむんずと摑《つか》むと、特に抵抗されることもなく抱っこする。

「えへへー、あーしがこの子見つけたんだけど、そのままにしておくのも心配だから飼うことにしちゃった」

「魔物研究部に行って、飼えるように調教《テイム》っていうのをしてもらってきたから。俺たちの言うことはよく聞いてくれると思うよ」

「そうなのね……魔物なら油断できないと言いたいけれど、見た目はリスみたいで……」

「可愛《かわい》いですよね。名前はフワリちゃんっていうんです」

「……可愛い名前なのだけど……何か意味があるのかしら、前脚で胸を押してくるのだけど」

「なんだろうね、あーしもされたんだけど、習性か何かじゃない？」

「……お嬢様、私も抱かせていただいてもよろしいですか？」

「え、ええ。そんなに切実な顔をしなくてもいいけれど」

雪理が坂下さんにフワリを渡すと、坂下さんは恐る恐るという感じで受け取る——彼女は可愛いものに弱いというか、そういうところがあるようだ。

「一時間だけ借りてあるから、早速始めましょうか。玲人、私と同じメニューで大丈夫？」

「えっと……実は俺、こういうところでトレーニングするのは初めてなんだ」

「そうなの……？　その筋力をトレーニングなしでつけるのは大変だと思うのだけど」

ＶＲＭＭＯの中でレベルを上げたら筋力も上がっていた——といっても俺の筋力はＤランク相当なので、物凄く高いわけでもないが。

「まず、あちらのトレッドミルで軽く走って身体を温めましょう。そのあとは下半身の筋力からつけていくのが良いと思います。英愛さんもトレーニングはされますか？」

「はい、せっかく来たので。お兄ちゃんが頑張ってるところを応援するのも妹のつとめですけど」

「ふふっ……妹さんはお優しい方ですね、神崎様。では、私が指導にあたります」

「揺子、ちゃんと手加減してあげてね。あなたはトレーニングとなるとストイックすぎるところがあるから」

「じゃあ、あーしは全体を見ててあげる。あーしって見てるだけでも意味があるんだよね、トレーニングが捗《はかど》るっていうか」

まずトレッドミルに乗って十分ほど走る——姉崎さんも普通に参加しているが、走り終えると少し息が上がっていた。黒栖さんもだ。

「姉崎さん、疲労はすぐに回復してもいいのかな」

「ふえ？　あ、あーしなら大丈夫だよ、これくらい負荷かけないとトレの意味ないし」

「玲人は回復魔法を使えるからということね。姉崎さん、どうかしら」

「レイ君ってそんなこともできるの？　トレーニングって回復まで時間をかけて待たないといけないんだけど、魔法でできたらヤバいよね……ふぁっ……」

《神崎玲人が強化魔法スキル『マルチプルルーン』を発動》
《神崎玲人が回復魔法スキル『ヒールルーン』を発動》

「え、な、なに……身体《からだ》が、熱っぽいっていうか……いきなり温泉入ってるみたいなんだけど……っ」

「っ……疲労がなくなってます。さっきまで息切れしていたのに……」

「あなたがいると、トレーニングというものの常識が変わってしまうわね……ありがとう、玲人」

普通なら筋肉が疲労するまで追い込み、超回復を起こして筋力を上げていくのだろうが、『ヒールルーン』で回復しても効果があるならそれに越したことはない。

「はー、走ってる時より熱くなっちゃった……レイ君の魔法って……せつりん、こよちゃん、なんかムズムズしない……？」

「え、ええと……それは、回復をしているということなので、気のせいだと思います……っ」

「黒栖さんがそう言うのなら、私もそうだと思うわ。回復しているだけで、変な感じなんてしていないし」

「あははー……じゃあそういうことにしとこ。レイ君、もうばんばん回復しちゃって。あーしは覚悟できてるから」

「疲れた時は言ってくれたらすぐ回復させるよ。雪理、次はどうする？」

「大きな筋肉から鍛えていきましょう。下半身から……まずは大腿筋《だいたいきん》、レッグプレスね。私から見本を見せるわ」

「っ……」

雪理がジャージを脱ぐ――このままトレーニングを続けるのかと思っていた俺は、不意を衝《つ》かれて固まってしまう。

（スパッツ……それにしては長い。ロングスパッツっていうのか？　というか臍《へそ》が出てしまってるんだが……）

昨日見た水着ももちろん衝撃を受けたが、それとはまた別の落ち着かなさがある。雪理だけでなく黒栖さんもジャージを脱ぐが、彼女は雪理と比べると肌をあまり出していない。

「あーしとみんなでウェア選んだんだけど、レイ君のもまた今度選んであげよっか？」

「い、いや……俺は今ので問題ないよ」

姉崎さんもジャージを脱ぐと、雪理と近いデザインのトレーニングウェアを着ていた。髪を左右で束ねて、ここからが本番という装《よそお》いになる。

「黒栖さん、髪は束ねておいたほうがいいわね」

「ありがとうございます」

雪理と黒栖さんも髪をアップにする――トレーニングとはこんなに動揺《どうよう》させられるものだったのかと、今さらに痛感させられる。

「姉崎さん、マシンの調整をお願いできる？」

「はーい。ちゃんと自分に合わせてセッティングしないと効果出ないからね」

姉崎さんが調整したマシンに雪理が座る。かなりウェイトを重くしても、雪理は特に苦にしていないようだ。

続けて黒栖さんがレッグプレスを始める。彼女の場合はウェイトを軽めにしても、少しプルプルと震えていた——やはり雪理の方が筋力は高いということか。

「ふうっ……ん……な、なんとか、できました……っ」

「うんうん、ちょっとエッチな感じになっちゃってるけどいい感じだよー。こよちゃん意外と筋肉あるね」

「い、いえ。折倉さんと比べたら、全然負荷が軽いので……」

「やっぱり大きいおっぱいには支える筋肉も必要なんだよね。バランスよく鍛えていこうね、肩こりとか軽くなるし。あ、レイ君に治してもらえばいいか」

「あ、あのな……」

「……支える筋肉……あまり意識していなかったけれど」

雪理が言いながら、該当《がいとう》しそうな部分の筋肉を自分で触っている——全《まった》くとんでもないトレーニングになってしまったものだ。

「レイ君どうしたの、なんかいい笑顔だね」

「いや、もっと自分を追い込んでいかないといけないと思って」

「あ、そんな感じ？　じゃあ後でめっちゃヘビーなやつやろっか。バーベルスクワットっていうんだけど」

「ああ、やってみるよ。難しそうならスキルを使うかもしれないけど、いいかな？」

「いいよー、もう回復魔法使ってくれてるし。レイ君がいるとトレーニングが捗るよね、インターバルとかとらなくてもいいし」

《姉崎優の恒常スキル『経験促進』が成長》

『っ……イズミ、今のは……？』
《姉崎優《ゆう》様のスキル効果が強化されました。スキルレベルが2に上昇したということです。代わりに彼女は『成長傾向』を消費しています》
『成長傾向……俺の知識の中でいうと、スキルポイントみたいなものかな』
《そう考えられます。私は玲人様のステータスを参照したことで『スキルポイント』という概《がい》念《ねん》を理解しておりますが、一般的にはその存在は知られておりません》
『そういうことか……その成長傾向っていうのは、やっぱり自分で制御できるものじゃないのかな』
　イズミは即答しなかった――俺も順番が回ってきたのでレッグプレスを始めると、しばらくして答えが返ってきた。

《玲人様の視点を介することで、私は姉崎様のスキルレベルが上がったことを観測することができました。そして玲人様はこれまでにスキルポイントを使用して、能動的にスキルレベルを上げておられます。これらの現象の延長上で、他者のスキル情報の閲覧《えつらん》、スキルポイントに対する干渉《かんしょう》が可能かもしれません》

スキルポイントについて、俺の会った人たちは存在を知らない。しかし、確かに存在している——イズミが見せてくれた俺のステータスにも記載はあった。

「レイ君、お疲れさま。これくらいのウェイトだと全然余裕？」

姉崎さんに、彼女のスキルレベルが上がったことを伝えるべきか——現状では、俺たちにトレーニングの指導をしてくれたことで成長傾向《スキルポイント》が消費され、レベルが上がった。つまり、自然に彼女が成長したということだ。

「ああ、まだいけるよ。もうちょっと重くしてくれるかな」

「うん、分かった。せつりんとこよちゃんは休憩《きゅうけい》終わった？　次はチェストプレスね」

姉崎さんが皆に指示出しをしながら、俺のマシンに重り《ウェイト》を追加する。

「……ちょっとでも力になれたらいいんだけど。あーしができることって、これくらいだから」

——そう、彼女が俺だけに聞こえるくらいの声で呟《つぶや》いた瞬間だった。

《姉崎優が新規スキルを習得可能》

新規スキル――この状況で。取得ではなく『習得可能』とはどういうことか。

《姉崎様が能動的に、皆様方に対する感情バイオリズムに基づいて、スキルを習得したいと希望されています》

『っ……そういうことなのか。そうやってスキルを覚えていくんだな……』

《何かのきっかけを得ることで、スキルを実際に習得することになると思われます》

俺がここで何かをしなくても、いつか姉崎さんは、自然に今覚えようとしているスキルを習得するのかもしれない。

しかしスキルポイントを振る方法がまだ分からないのなら。彼女がここで新たなスキルを覚えることは、きっとマイナスにはならない。自力で覚えたスキルを、皆は有効に使っているのだから。

「姉崎さんに指導してもらって、強くなれるように頑張らないとな」

何気ない一言。それが最良なのかは分からない、思っていることを伝えるだけ――。

「あ……ありがと。ごめんね、今の聞こえちゃってた？」

《姉崎優が特殊スキル『ビルドメソッド』を習得しました》

（ビルド……メソッド?）

　これまで他の人がスキルを新たに習得したかどうかというのは、感覚的にそうなのではないかというくらいだったが、今回はイズミが明確に伝えてきた。

「レイ君、レッグプレスはあと五回で終わりね。腹筋を意識して、足を伸ばして、縮める……おお、腹筋板チョコみたいに割れてるね」

「っ……あ、姉崎さん、笑わせないでくれ……」

　臆さずに俺の腹筋に触れて楽しそうにする姉崎さん——ボディタッチの敷居が低いというか、彼女も結構距離感が近い。

「筋肉って褒《ほ》めた分だけ伸びるから。あーしも上腕三頭筋《トライセプス》には自信あるからね、ここのとこ——」

姉崎さんがジャージを脱ぎ、筋肉を指し示しながら言う——彼女も雪理たちと同じ少し大胆《だいたん》なウェアを着ているとは不意打ちだった。

「あーしの家でもジムやってるからね、トレーニングのことならなんでも聞いて。お兄ちゃんお姉ちゃんなんてもっとキレッキレだから」

「スポーツ一家なんだな、姉崎さんの家は」

「あーしはみんながトレーニングしてるのを見るほうが好きだけどね。それで職業がトレーナーになったのかも……はいあと一回、頑張ってー」

最後の一回はさすがに筋疲労を感じつつ、大腿筋《だいたいきん》に十分に負荷をかける。これでレッグプレスは１セット終了だ。

《神崎玲人が筋力経験値を220獲得》
《姉崎優が特殊スキル『ビルドメソッド』を発動　筋力成長＋１》
《神崎玲人の筋力が2上昇　筋力経験値を2200消費》

「っ……!?」

ステータスが上がった――トレーニングで筋力が上がったことを、イズミが観測した。

（筋力経験値……隠しパラメーターか？　それを日頃の活動やトレーニングで得て、消費して、ステータスが上がるのか……！）

「お疲れ様ー。次はレイ君もチェストプレスいこっか」

「あ、ああ……」

姉崎さんがいると、訓練の効率が飛躍的に上がる。筋力上昇に＋１の補正がかかっているので、彼女がいなければ１しか上がらなかったということだ。

「レイ君は回復魔法でいくらでもトレーニングできそうだけど、一日ごとにどれだけ成長するかは決まってるから、無理は厳禁ね」

「分かった、気をつけるよ。坂下さん、妹の調子は……」

「英愛さんはいいですね、基礎的な身体能力がとても高いので、私より少し軽めのメニューはらくらくこなせています」

「私もお兄ちゃんみたいな腹筋になれますか？」

「神崎様も鍛えていらっしゃいますので、簡単ではありませんが……私は腹筋を割らない方が可愛《かわい》いのではないかと……」

「何を悩んでいるの……英愛さん、今のところはほどほどがいいと思うわ。筋肉だけで全てが解決するわけではないから」

「えー、筋肉は裏切らないよ？　とか言ってみたりして。レイ君、あとで他の筋肉も触らせてくれる？　一箇所《かしょ》ずつむっちり鍛えてこ。それとも細マッチョがいい？　レイ君もうかなり引き締まってるからなー」

テンションが上がる一方の姉崎さんだが、俺だけ見てもらうのではなく、他の皆も順に見てもらう方が良さそうだ。もしくはこの場にいるみんなに姉崎さんのスキルが影響するようにトレーニングできるといい。

黒栖さんはチェストプレスから次のマシンに移っていたが――なんとなく視線を移して、そのまま俺は目の焦点をぼかさなくてはならなかった。

「こよちゃん、ラットプルダウンやったことあるんだ。フォームが綺麗《きれい》だね」

「は、はい、新体操をやっているときに少し……んっ……」

　吊り下がっているバーを両手で引き寄せるマシンだが――そのフォームは胸を張ることになるので、胸が大きい人は最大限に強調されることになる。

「……あれ？　フワリちゃんどこいった？」

　姉崎さんに言われて俺も気がつく。さっきまで英愛の近くにいたはずだが――と、次の瞬間。

「きゃっ……え、えっと、そこは摑《つか》まるところじゃ……」

　フワリが黒栖さんの胸にしがみつく。トレーニングの邪魔をしてはいけない、しかし俺では取ってあげられない。

「ほいほい、駄目でしょおいたしちゃ。フワリちゃん、たぶん柔らかいものが好きなんだよね」

「ありがとうございます、姉崎さん」

「姉崎さんに任せてしまっていいのかしら……私も見ていましょうか？」

「ううん、だいじょぶ。みんな運動神経いいから、あーしが教えることってあんまりないんだよね。ムードメーカーしてるだけでもスキルが効いてるっぽいからいいのかな……こよちゃん、ここに効いてるから意識してー」

「っ……も、もう、そろそろ……限界……はぁぁっ……」

「ＯＫＯＫ、背筋は痛めちゃうと大変だからね、大事にしてこ。せつりんは全然汗かかないね」

「そんな、ことは……ないの、だけど……ふっ……ふっ……」

「お嬢様がトレーニングされている姿は、何時間でも見ていられますね……」

「な、何を言ってるの……あなたも、ちゃんと、やりな、さいっ……」

そろそろ回復魔法をかけた方がいいのか、もう少し追い込むべきなのか──と葛藤《かっとう》していると、ふっと目の前が暗くなった。誰かに目を塞《ふさ》がれている。

「お兄ちゃん、あんまり女の人をじーっと見てたら駄目だよ？　私の方も見てて」

「あ、ああ……しかし英愛も熱心だな、プール前にちょっと身体《からだ》を動かしたいってくらいだったのに」

「みんながやってるのを見るとつられてやる気が出ちゃうよね。お兄ちゃんはトレーニングする女の子が好きみたいだし」

だんだん俺の困らせ方が上手《うま》くなっている──そして、あながち否定はできない。

「何事も一生懸命な姿ってのは、いいよな」

考えた末に出てきた無難な答えだったが、みんなそれからトレーニングにやたら身が入り、俺以外のメンバーも全員手応えを感じたようだった。

5　水泳勝負

トレーニングが終わったあと、俺たちはプールにやってきた。水泳部が練習をしていたようだが、ホワイトボードにはもうすぐで午前の練習が終わりと書いてある。俺たちと入れ替わりになるのだろう。

「ねえ、あそこにいるのってどこの科の人？」

「運動部っぽいけど、あんな人いたっけ……」

「……待って、めっちゃいい身体してない？」

「ちょっ、何言ってんのいきなり……って、みんな見てるし……」

プールの向こう側にいる生徒たちは、俺に聞こえているとは思っていないのか色々話している——その距離でも分かるほど、俺は鍛えられている感じに見えるのだろうか。

『旧アストラルボーダー』内でもプレイ中に筋肉がついたように感じていたが、ログアウトしても鍛えられたままというのがなんとも不思議だ。脳の信号が筋肉に伝わっていたとか、原理的にはそういうことなのだろうか。

しかし見られていると落ち着かない——今から隠れたら聞こえているのが分かってしまうし、とりあえず屈伸などをして誤魔化《ごまか》すしかない。

——水に入るときは準備運動をしっかりしなきゃ駄目ですよ。

——心臓に遠いところから水をかけるんだったかな。

——水に濡れると雷撃弾が使えない。レイトも雷魔法を使うときは気をつけて。

『旧アストラルボーダー』では潜水が必要なダンジョンがあり、そのときは『アダプトグラム』という環境に適応する呪紋《ルーン》で対処ができた。『水中』だけでなく『高温』などの過酷《かこく》な環境にも対応できる、特殊魔法レベル６の高位呪紋だ。

今の俺は固有スキルとして『スキル限界＋３』を持っているので、スキルレベルの上限が軒並《のきな》み上がっている。

レベル10が最高だった攻撃呪紋も、理論上はレベル13まで解放できる——自由にスキルポイントを振れていたらと改めて痛感するが、これればかりは仕方がない。

「レイ君、なーに考え事してるのっ……って、ビクともしないんですけど」

「っ……姉崎さんか。そう簡単には落とされてあげられないな」

姉崎さんは俺を軽く押しただけなので、本気でプールに落とそうとしたわけではないようだが——と思いつつ振り返ると。

「あ、意外そうな顔してる。あーし、こう見えても水泳得意だからね。中学のときは強化選手ってやつだったし。せつりんにスカウトされるだけのことはあるっしょ？」

人に歴史あり、というのか——それより何より、姉崎さんが競泳用の水着を着ていて、それが似合っていることに驚かされる。

「せつりんとこよちゃんも、昨日買ったっていう水着じゃなくてトレーニング用のやつだよ。

揺子ちゃんは着替えるのためらってたけど、レイ君がいるからかな」

「そうなると俺は、どこかプールの隅にでもいるべきかな……」

「だーめ、お兄ちゃんは私と競争するの」

「じゃああーしが審判してあげよっか。こういう時のためにホイッスルとか持ってるし」

姉崎さんがいると、スポーツ関連のサポートが万全になる——あまりに頼りになりすぎるので、自然に尊敬の念が湧いてくる。

「レ、レイ君、あーしなんて大したことしてないんだから、そんな顔しないでよ。あーもう、マジ照れなんだけど」

「玲人、英愛さんと競争するの？　私も参加していいかしら」

「あ、あの、坂下さん、そんなに隠れなくても……」

坂下さんが黒栖さんの後ろに隠れてこちらにやってくる。しかし覚悟を決めたようにこちらに出てくる——清楚《せいそ》というか、シャープなラインというか。

「……こ、このような私でも、参加してよろしいでしょうか……その、競争に……」

何を遠慮《えんりよ》しているのかというのは微妙に察してしまった。しかしスレンダーな体型ということが悪いなんてことは全《まつた》くない、そう言い切れる。

「じゃあ一緒に泳ごうか。なんて言っておいて、そんなに泳ぎに自信はないんだけど」

「泳ぎを速くする魔法というものはないのね。魔法でスピードを上げた場合はどう？」

「そうか、その発想はなかったな。じゃあ全員『スピードルーン』をかけてみようか」

《神崎玲人が『スピードルーン』を発動　『マルチプルルーン』により全体化》

「この魔法は目に見えて身体が軽くなるわね……普段の生活でも使いたくなってしまいそう」

「お兄ちゃん、みんなにこうやって魔法を使ってるの……？　お兄ちゃんの魔法なしでいられなくなっちゃったらどうするの」

「なんの心配をしてるんだ……それより、普通に英愛にも魔法をかけたけど大丈夫か？」

「ゲームの中でかけてもらったときと似てるっていうか……ほとんどそのまま？　って感じ」

「はーい、みんな位置についてー」

　姉崎さんに促され、帽子を被《かぶ》ってゴーグルを装着し、飛び込み台に並ぶ。飛び込みについてはみんなやったことがあるようで、その点は問題なさそうだ。

「よーい！」

　ピッ、と姉崎さんが笛を吹く。俺たちは一斉に飛び込む――水中でも『スピードルーン』は効果を発揮しており、水を搔《か》き分けてグングン進んでいく。

（雪理も速いけど、坂下さん……そしてうちの妹がこんなに速いとは……！）

　50メートルプールを泳ぎきり、壁にタッチする。ほぼ同着か、それとも――順位を確認する前に、何かプールサイドがざわついていることに気づく。

「えっ、今のタイムヤバくない？　うちらより速い……？」

「あの男の人、もしかしてよそから来た選手だったり……？」

「ちょっとプールに寄って記録出してくとかヤバ……私らもエンジョイ勢とか言ってる場合じゃなくない？」

やってしまった——魔法を使ってこんなに速くなると思っていなかった。本職の水泳部より速くなってしまうとは。

「めっちゃいい勝負だったけど、揺子ちゃんが速かったかな」

「……水の抵抗が少ないので、私が有利であるというのは承知しております」

「や、それは言ってなくて……揺子ちゃん、沈まない沈まない」

「揺子、しばらく見ていないうちに速くなったわね」

「優さん、お兄ちゃんより私の方が速かったですか？」

「タッチの差って感じで、妹ちゃんのほうが速かったかな」

「負けたか……これは特訓が必要だな。姉崎さん、これからフォームのチェックとかできるかな？」

プールから上がりつつ聞いてみると、姉崎さんはなぜかとても嬉しそうにする。

「負けず嫌いなとこあるんだね、レイ君」

「い、いや……まあ、結構楽しかったからさ」

「私も負けず嫌いですが……と、横から口を挟んではいけませんね」

「揺子、玲人に勝ったらお願いしたいことがあると言っていたけれど……」

「っ……そ、それはいいのです、神崎様に事前にお伝えしておりませんでしたので」

　昨日の訓練所の件の延長ということか。二つ隣のコースで、坂下さんが恥ずかしそうに半分くらい顔を水に沈めてしまう。

「俺から有効を取ったらって話なら、今の勝負も有効でいいんじゃないか」

「っ……そ、そのようなはからいをして頂いては、棚《たな》からぼた餅《もち》というか……」

「ぼた餅って美味《おい》しそうだけど、あーしは洋菓子の方が好きだなー」

「私も好きです。お兄ちゃん、また今度お買い物行こうね」

「い、いいえ、スイーツ巡りをご一緒したいというわけではなく……」

「揺子には揺子のお願いがあると思うから、ゆっくり考えると良いわ」

　こうして俺たちの勝負は爽《さわ》やかな幕切れを迎えたわけだが――水泳部の面々がこちらにやってきて、何かみんな神妙な顔をしている。

「あの、皆さんってこれからもここのプールに練習に来るんですか？　良かったら私たちと一緒に……」

「皆さん凄《すご》いですね……あれ？　そ、そこにいるのは……プリンセス……？」

「プリンセスって、討伐科《とうばつか》の『姫』!?　ど、どうしよう、あの、後でサインください！」

「……玲人」

雪理が意見を求めるように俺を見るが、如何《いかん》ともしがたい。水泳部の関心は完全にプールに舞い降りたプリンセスに向かっている。

「ちょっと、置いていこうとしないでほしいのだけど……薄情者」

「っ……え、えーと。ごめん、今はトレーニングの後のクーリングダウンで来てるから」

「あっ、す、すみません……」

「やっぱすごい良い筋肉……ねえ、どんなプロテイン飲んでるの？」

「何聞いてんのもー、あたしのサインのために大人しくしてなさい」

「まだ書くとは言っていないのだけど……玲人、代わりに書いてくれる？」

雪理が投げやり気味になっているのは珍しいが、こんな状況では無理もない。彼女も人気者ゆえの苦労があるのは想像に難くない。

とりあえず水泳部には撤退《てったい》してもらい、後は自分たちのペースで水泳を楽しむ。筋力経験値は一日に獲得できる量に限界があるようで、筋力を短期間で大きく上げることは出来ない――そんなわけで、今後もこの学園内ジムに通うことになりそうだ。

◆◇◆

ミーティングカフェは土曜日も営業しているので、昼食を摂《と》る場所には困らなかった。

「木の実を食べる姿は、魔物と言われても信じられないわ……本当にリスそのものね」

水泳の時間は更衣室で昼寝をしていたフワリだが、今は木の実をカリカリと食べている。

「この魔物と同種の魔物が現れたとき、戦うのは少し気が引けますが。そのような甘いことは言っていられないのでしょうね」

「大人しい個体もいるっていうか、結界で外部と遮断《しゃだん》されたのが良かったってことなのかな。魔物ってのは、そういう性質があるんだ」

「特異領域の内部の魔物はすべて攻撃的だけれど、結界で遮断すれば……個人でそれをするのは難しそうだし、現実的ではないかしらね」

『特異領域《ゾーン》』は『アストラルボーダー』におけるダンジョンに近い。ダンジョンごと封鎖することはできないというか、考えたこともなかった。

しかしダンジョンだというなら、そこには必ず『クリア』がある。風峰学園の管理下にある訓練用のゾーンでは問題がありそうだが、クリアしても問題ないゾーンなら踏破《とうは》に挑んでみる価値はある。

「……あら、英愛さんはおねむみたいね。少し疲れてしまったかしら」

「大丈夫……です……」

「今日は疲れたよな。タクシーで帰った方がいいか」

「っ……だ、大丈夫だよ、お兄ちゃん。ちゃんと自転車で帰れるから」

「では、少し休んでいった方が良さそうですね。医務室のベッドなら借りられると思います」

「えっ……あ、あの、私そんなに……」

「で、でしたら……私も英愛さんに付き添います」

黒栖さんがそう申し出てくれて、英愛も一休みすれば大丈夫ということで了承する。姉崎さんもついていき、坂下さんは拳術部に顔を出すとのことで、俺と雪理だけになった。

「トレーニングの後の休憩……ってことでいいのかな。雪理は疲れてないか？」

「あなたの魔法ですごく元気だけど、眠気はそれとは関係ないのかもしれないわね。寝るのにも体力が必要だっていうし、英愛さんもよく休めると思うわ」

なるほど、と雪理の話を聞いて納得する。まあ寝る子は育つと言うし、特に心配することもないだろうか。

「合流するまで何をしていましょうか」

「ウィステリアに憑依《ひょうい》していたデーモンを、使役《しえき》してみようと思う。それができれば『特異現出』についての情報が得られるかもしれない」

「っ……そんなことが可能なの？」

「できるはずだけど……ちょっとこれは、他の人が立ち会わない方がいいかもしれない。相手は憑依型の魔物だからな、万一ってこともある」

「……あなたのことだから心配はないのでしょうけど。私も行ってはいけないの？」

雪理はじっとこちらを見る――少し瞳が潤んでいて、その目で見つめられると弱い。

「え、えーと……分かった、一緒に立ち会ってくれるかな。そうなったら安全は完全に保証するというか、危険だと感じたら使役はせずにそのまま封印するよ」

「……良かった。せっかく二人なのに、置いていかれたら寂しいもの」

「せ、雪理。他にもお客さんが……」

なにげなくテーブルに置いていた手を、隣に座っている雪理に取られる――こんなところを誰かに見られたら、と焦らざるをえない。

「お、お客様……お済みのお皿のほう、お下げしてもよろしいですか？」

「え、ええ、ありがとう……玲人、綺麗《きれい》な爪をしているわね」

さすがに多少無理があったが、カフェ店員のメイドさんは何も見なかったふうを装《よそお》ってくれる。雪理は顔を赤くして、少し外すと言って席を立った。

「姫が冒険科のカフェに来るの、やっぱり神崎に会いに来てんだな……」

「土曜日にも姫を見られるなんて眼福《がんぷく》でしかないんだけど。ありがたやー」

「ああ、雪理お姉様……今日もお麗《うるわ》しい。お姉様がいつも座るあの椅子《いす》になりたい」

あの雪理を慕《した》いすぎている女子生徒はどこにでも現れる気がするのだが、気のせいだろうか。

そんなことを考えつつ、水で喉《のど》を潤した。

◆◇◆

「玲人、それでどこに行くの？」

「学園内の人気《ひとけ》がない場所……というか、誰も近づかない場所……って、変な意味じゃなくて」

「私をそんなところに連れていってどうするつもり？　なんて、冗談を言っていてはいけないわね。使役のために、他の人がいない場所を使いたいのね」

「ああ。職員室に行って聞いてみようか」

「担任の先生に聞いてみるのはどうかしら」

「その手があったか。イズミ、クラスの連絡網《れんらくもう》に武蔵野先生のアドレスはあるか？」

《はい、登録されております》

イズミに頼んで番号を教えてもらい、スマートフォンで電話をかける——すると、しばらくコールしたあとにつながった。

「武蔵野先生、先程はお世話になりました。今回はまた違う用事なんですが……」

『はい、なんでも言ってください。先生は嬉しいです、神崎君に頼ってもらえて』

「この学校に、魔法を使った儀式というか、そういうことに使う場所ってありますか？」

『そういった大掛かりな魔法を使う場合は、魔法実験棟を使いますね。主に呪いを解いたりする用途に使われます』

「そこは誰でも入る許可を得られますか？」

『はい、担当の先生に連絡しておきますね。今日の神崎君はすごく活動的ですね……それとも、いつもこんなふうに学園内を飛び回っているんですか？』

「今日は結構いろいろやってますね。さっきまでジムでトレーニングしてました」

『時間の使い方が上手《じょうず》なんですね、神崎君は。私はそういうのが下手《へた》なのでこの歳《とし》まで独り身で……』

「い、いや、先生は凄く立派だと思ってます、俺は尊敬してます」

『……本当ですか？　神崎君ったらお世辞《せじ》が上手なんですから』

何か先生がダークな方向に行きそうなので引き止めたかっただけなのだが――武蔵野先生は髪の色からして『陰属性』の魔力を持っているので、そういう人は闇落ちしがちという文字通りの特徴がある。


――あのＮＰＣ《ノンプレイヤーキャラクター》の人は、レイトさんのことが気に入っているんですね。

――どちらかと言えば、あれは依存してるってやつなのかな？

――あれは多分、ヤンデレ……？　みたいな性格付けだと思う。

『やっぱり神崎君は度量が広いですね、先生より強くて大人だなんて、もうどちらが先生なのか……』

「いえ、そんなことは……と、とにかく先生、よろしくお願いします」

武蔵野先生の最初のイメージは生徒に対して厳しいところもあるというか、一癖《ひとくせ》ある先生という感じもしたが、今となっては甘くなりすぎて逆に駄目な気もする。先生と生徒、その関係性を立て直すにはどうすれば——と、考えている場合ではない。

「ちょっと受け答えに困っていたみたいね。何かあったの？」

「まあその……優しい先生ではあるんだけど」

「あなたは人たらしというか、そういうところがあるものね」

「す、凄い勘だな……」

「乙女《おとめ》の勘というのはこういう時に言うのかしらね。なんて、ごめんなさい」

「乙女の勘は第六感だからな……って、よく知らずに言ってみるけど」

「相手が先生でも、バディのあなたが何を話しているか気になるだけよ」

魔法実験棟の位置をイズミにガイドしてもらって歩く間も、雪理はしきりに話しかけてくる——とりとめのない話だが、それが心地好いと思う自分がいた。

６　主人と従僕

魔法実験棟は学園内の立ち入り制限区域にあり、塀《へい》に囲まれている。武蔵野先生から話が通っていて、入り口に立っていた先生が中に入れてくれた。

その先生こそが魔法実験棟の管理者である藍原《あいはら》先生だった。白い髪を総髪にした男性で、スーツを着こなした立ち姿は映画俳優のように様になっている。

「透《とおる》から話は聞いている。こういう形で会いに来てくれるとは光栄だ」

「透……灰島《はいしま》先生が、俺の話を？」

「この学園始まって以来の実力者が入学してきたと、そう言っていたよ。あいつは学生気分が抜けんところがあってな、強者《つわもの》を見るとすぐに目を輝かせる」

「灰島先生の学生時代をご存じということは、藍原先生は……」

雪理が尋ねると藍原先生は苦笑する。そして、スマートフォンの写真を見せてくれた。

「灰島先生、それに綾瀬隊長も……先生、この写真は？」

「私が受け持ったクラスの写真だよ。この年は黄金期と言われていてね、討伐科《とうばつか》に優秀な生徒が多く所属していた。透と綾瀬《あやせ》くん以外にも、何人も討伐隊などの要職についている」

「そうだったんですね……見せてくれてありがとうございます」

「その透が、神崎君は別格だという。私よりも透の方が強いのだから、私と神崎君では言わずもがなだ。それに折倉くんも、実力のほどは伝わってきているよ」

「恐れ入ります。私も彼に助けられていますが、日々努力して少しでも近づければと思っています」

雪理がそこまで思っていてくれているのは分かっているが、改めて言われると胸が熱くなる――当の雪理も照れて頰《ほお》を赤くしていた。

「はっはっはっ……本当に、若いというのはいい。と、そんな話はさておき」

魔法実験棟は外部からは五階建てくらいの塔のように見えたが、内部は一階のみで天井がとても高い。かなり広く、大規模な実験を行うことも想定されているように見える。

藍原先生は建物の中心あたりに歩いていく。そして、俺たちの方を振り返って話しかけてきた。

「この実験棟内では外部からの魔力的な影響が完全に遮断《しゃだん》されている。床に魔法陣を描いたりすることも許可されているし、どのような魔法についても基本的に許可されている。ただ、これはレアケースなのだが、解呪《かいじゅ》関連で生徒が一時的に正気を失ったりすることがある。そんな時は私が責任を持って、生徒を殺傷せずに制圧する……使用上の規則については以上だ」

「ありがとうございます。先生はどうされます？」

「立ち会いはするし、質問があれば答えられる。退出した方が良いというならそうしてもいいが……」

俺は『名称不明のデーモン』を封じた封魔石を取り出す。そして、先生に忌憚《きたん》のない意見を伝えた。

「これは、前回市内で起きた現出のときに手に入れたものです。ある人物に憑依《ひょうい》していた『無名の悪魔』をこの魔石に封印しています」

「っ……デーモンを……封印？　神崎君、どうやってそんなことを……」

「俺の職業は特化した魔法職じゃないんですが、色々なことができるんです。呪紋師《ルーンマギウス》って言うんですが」

「呪紋……ルーンワードを使う魔法職か。今の学園には君一人しかいないが、日本国内であれば数名いるな。しかしデーモンを封印した事例は聞いたことがない。討伐すること自体が困難ということもあるが」

「珍しい事例かもしれませんが、人に憑依する悪魔……精神体のような存在を封印する方法があるんです」

「教師として知識が及ばないというのは心苦しいが……学ばせてもらうつもりで見ていてもいいだろうか」

「はい、よろしくお願いします。雪理、少し下がって見ててくれるか」

「ええ。気をつけてね、玲人」

俺は鞄に入れてきた封魔石と魔像の魂石《こんせき》、竜骨石《りゅうこつせき》、三色のジェムを取り出す。

魔力《オーラ》を指先に集め、床に魔法陣を描いていき、材料を配置する。

『アストラルボーダー』において、魔法職の幾つかは従僕《ミニオン》を作るスキルを持っている。そのため、パーティに前衛職がいない場合でもある程度戦える――まだ仲間がいなかったとき、俺もそのスキルに頼っていた。

従僕を作るために用意した素材はそこまで質が高いわけではない。しかしコアになる封魔石のランクが高いので、ミニオンの力もそれだけ強くなる。

「――我が呪紋の力により、封じられし魂に、新たな姿を与える」

《神崎玲人が『生命付与』を発動》

「これは……そうか、形代《ゴーレム》を作るスキルか……！」

レッサーデーモンのドロップした『魔像の魂石』は、スケルトンなどの下位従僕《ミニオン》を生成するときに使われる。そのとき従僕の身体《からだ》は『竜骨石』相当の強度となる。

三色のジェムは生命付与を使う過程で『パープルジェム』というものに変化し、従僕の動力源となる。あまり強いものではないが、材料の調達がしやすいし、動力源は後から変更することもできる――最初から大きな力を与える必要はないという判断だ。

「俺の魔力でゴーレムを作ります。封印した魔物は、俺が作り出した器《うつわ》に入ることで受肉《じゅにく》しますが、それですでに契約を結んでいる状態になります」

「なるほど……いや、もはや教官でもなんでもなく、一人の討伐者《バスター》として見させてもらっているよ。ゴーレム使いには海外で一度会っただけだが、まさかここで見られるとは」

専門職のゴーレム使いとはまた違うのだろうが――と考えているうちに、封魔石がコアとなって魔力体を形成する。これが『魔像の魂石』の効果で実体を得ることで、『生命付与』は完了する。

――ウィステリアに憑依していた悪魔は、女性の口調だった。それはウィステリアを乗っ取ったからではなく、悪魔自身が女だったからだと理解する。

「……神崎玲人様、あなた様のお力で、ここに受肉いたしました」

人間に近い姿だが、人間でないことは頭部の巻き角と、その額にある縦の線が示している――高位の悪魔は、二つ以上の眼を持っていることが多い。今は閉じているが、この悪魔には第三眼《サードアイ》がある。

豊満な起伏《きふく》を持つ肢体《したい》。一糸《いっし》まとわぬ姿であっても感情は揺れない。それは彼女が人間に敵対する存在であり、魔神アズラースのように決して俺と相容《あいい》れない存在だと理解しているからだ。

「我が主人《マイロード》……とお呼びした方がよろしいですか？　今の私は、完全にあなたの従僕なのですから」

「それはどちらでもいい。あんたのことを俺たちは『無名の悪魔』としてしか知らないが、名前はあるのか?」

悪魔はぺろ、と唇を舐《な》めると、頬に手を当ててこちらを見やる——パープルジェムを動力としているために、瞳の色が紫色をしている。

「魔女神メフィオラの使徒《しと》、エリュジーヌ。それが私の名です」

「……魔女神……魔神ではなく……?」

「ええ。魔神の存在をご存知とは、やはりあなたはただの人間ではないようですね。悪魔を狩る方法を知っていて、それを実践《じっせん》する力がある……」

「それ以上近づかないでくれるか。与えた魔力は最低限だ……今は従僕の力を必要としていないんでね」

「今すぐにでも私を魂ごと消滅させられるのに……そうすることも選択に入れているのに、優しいことを言うのですね。人間はいつも、人間に近い姿の者を殺すことを躊躇《ためら》う。とても尊《とうと》いことです」

「……それ以上は言うな」

「っ……」

俺たちと同じようにデスゲームをクリアしようとしたプレイヤーの中には、悪魔に騙《だま》されて

命を落とした者もいる。

人間に近い姿をした悪魔がいるのは、その方が都合がいいからだ。どれだけ美しくても、人間に歩み寄っているかのようなことを口にしても、内面はまるで違う——人間は悪魔にとって搾取《さくしゅ》の対象でしかない。

「……私に何をさせようというのです？　与えられた魔力はあなたの言う通り、それほど持たずに切れてしまいますが」

俺から聞きたいこともあるが、先に雪理に視線を送る。彼女は頷《うなず》き、エリュジーヌの前に出て尋ねる。

「ウィステリアに憑依《ひょうい》したのはなぜ？　あなたが言っていた、私や玲人を連れていくと言っていたのと関係があるの？」

「……人間の中には魔法などの素養を備え、高い魔力を持っている者がいる。そんな人々と敵対するよりは、従わせた方が有益です。私たちの駒《こま》も限られていますし、神崎玲人……彼のように異端の強さを持つ者には、私のような伯爵位以上でも敗れてしまう」

「あの時、あんたは俺たちを格下と見ていたな。勝てるという自信はあったんだろう？」

エリュジーヌは薄く笑みを浮かべている——受肉した身体には感情が現れにくいが、それでもなおその身体が小さく震えている。

「俺たちは魔物が空の渦《うず》から現れる現象を『特異現出』と呼んでいる。なぜ市内全域に現出が起きた？　あんたが仕組んだことか」

「……そうだと言ったら？」

「許すわけにはいかない。だが……既に俺はあんたを支配下に置いている。『そっち側』の情報を得たあとは、従僕として仕事をしてもらうことになるかもな」

「私に魔の眷属《けんぞく》と……同胞《どうほう》と戦えと言うのですね。人間もまた悪魔と同等に恐ろしいものです」

「あまり気安いことを言うなよ。俺は悪魔ってものが苦手なんだ」

魔神アズラースとの戦い、倒れている仲間たち。彼らが事切れる、その瞬間。

怒りは風化しない。何度でもこの感情を確かめる――仲間ともう一度会うその時まで。

「……あなたに従属していなければ、私はすでに自害しているでしょうね」

自分が悪魔に恐れられる存在になれたというのなら、それを否定することもない。

だが、憎悪は悪魔が好む感情だ。そこに付け込まれるような隙《すき》は作らない。

「魔女神……そいつがあんたや魔物を送り込んで、この世界を脅《おびや》かそうとしてる。そう考えていいのか？」

「人間もまた魔神によって支配されるべき存在です。本来あるべき姿に戻そうとしているのですよ」

デスゲームの中でも魔神と戦い、そしてログアウトしたはずの世界でも――一体、何が起きているのか。

ここまで来れば俺にも分かる。あのデスゲームにログインする前、そしてログアウトした後では、世界が変わってしまっている。

そしてデスゲームだったアストラルボーダーと、この現実は地続きになっている。

「あんたは、アストラルボーダーってゲームを知ってるか？」

「……それもまた、因子《いんし》を導くためのもの」

「っ……今、あんた……」

「あなたもまた因子を持つ者……いずれあなたは、同じように因子を持つ者と出会うでしょう。命を奪い合う敵という形で」

「玲人が、因子を持っている……玲人以外にも、彼のような特別な人がいるっていうの……？」

「そう……そして魔女神メフィオラが降臨する前に、あなたは死を迎えます。その日まで後悔《こうかい》のなきよう……我が主人《マイロード》」

俺に対して敵意を示したことで、エリュジーヌの魔力が急速に失われていく。彼女は受肉を保てなくなり、封魔石がその場に落ちて転がった。

「……神崎君、私がここで見たことは決して口外しない」

「藍原先生……」

藍原先生の顔からは血の気が引き、青ざめている。学園の教師でも全《まった》く動くことができない、それほどのものをエリュジーヌに感じたのだろう。

「君は折倉くんの言った通り、特別な人間だ……強力な悪魔が畏怖《いふ》する存在。しかしその悪魔が崇拝《すうはい》する神がいるという事実は、とても公《おおやけ》に明かせるものではない」

「……はい。相談をするとしても、限られた人になると思います」

「悪魔を使役《しえき》し、情報を引き出した……これはもはや学園単位の功績ではない。武蔵野先生は君が討伐隊《とうばつたい》のスカウトを断ったと報告していたが、組織に属さずとも目的を達することができるから……そう考えていいのだろうか」

「え、ええと……そこまで考えてはないんですが。もともと風峰学園に通う予定だったので、まだやることがあると思っていて」

「そうか……私たちとしては学園にいてくれるのはとても有り難いし、個人としても嬉しく思う。今後も実験棟を使うときがあればいつでも開放しよう」

「最初は家の庭ででもやろうと思ってたんですが、ちょっと問題があるかなと思いまして。念のために安全で広い場所を借りられて良かったです」

「家の庭……そ、そうか。それはまた大胆《だいたん》なことを考えたものだな」

藍原先生はハンカチで額を押さえる――状況が状況なので、汗をかいてしまっていたようだ。

「……玲人、私も今の話を聞いて良かったのよね？」

「ああ、勿論《もちろん》だけど……ごめん、不安にさせたかな」

雪理は微笑《ほほえ》むと――俺の腕にそっと寄り添う。雪理の白い髪が揺れて、ふわりと甘い匂《にお》いがした。

「せ、雪理……急にどうした？」

「こうしておかないと、どこかに行ってしまったら困るから」

「……ありがとう。急にどこかに行ったりとかはしないよ」

「本当？　約束してくれる？」

「ああ、本当だ。俺はみんなと一緒に戦えたらって思うし、絶対に守ると決めてるから」

「……私は剣士だから、魔法使いのあなたを守らないと。強くなるために、これからもできるだけ一緒にいさせて」

「っ……え、ええと……」

その言い方だと、学校など以外でも一緒にいるとしたら家でもとなりかねないが――と考えていると、藍原先生が小さく咳払《せきばら》いをする。

「コホン……」

「す、すみません。今日は実験棟を開けていただき、ありがとうございました」

「いや、邪魔をしてはいけないと思ったのだが……あまりに初々《ういうい》しかったので、自分が学生の頃を思い出してしまった。もう四十年近く前になるというのに」

「四十年……先生は、五十年前の一斉現出を経験されているんですね」

「ああ。私はまだ子供だったが、討伐隊に命を助けられてね。自分も人を助けられるようになろうと志《こころざ》した。風峰学園は一度大規模な建て替えをしているが、旧校舎の頃に私も通っていたんだよ」

「そうだったんですね……」

「灰島君は非常勤だが、そんな彼が神崎君と出会い、そして私もこうしている。改めて、今日ここに来てくれたことに感謝しているよ」

「こちらこそ。また良かったら、先生の話を聞かせてください」

「私の昔話は長いぞ？　と言っても、君が聞きたいのは透や綾瀬くんのことだろうな。二人もきっと君にまた会う機会を待っているだろう」

　灰島先生には学園で会えるが、綾瀬さんには連絡を取っていないので、今回のことを相談しておいても良いかもしれない。

　藍原先生に挨拶《あいさつ》をして実験棟を出る。英愛たちがいる討伐科の医務室に向かうと――ちょうど出てきたのは。

「……神崎……くん、ですよね？」

　水色のメッシュが入った髪をした、ミディアムヘアの女子――水澄《みすみ》先輩。

「は、はい……俺が神崎です。神崎玲人……」

「良かったぁ……うち、水澄苗《なえ》って言います。なかなかお礼に行けなくてごめんなさい」

　救助のときは状況が状況なので、悲痛な声しか聞いていなかったが、普段はどうやらおっとりした話し方のようだ。

「ほんとは受けなくてもいいって言われたんですけど、休んだ分の補講があって。医務室の先生にお世話になったので挨拶に来たら、神崎君の妹さんが来てらっしゃるっていうじゃないですか。それで、うちもぜひお礼したいって待ってたんです」

「そうだったんですね。先輩、もう身体《からだ》は大丈夫ですか？」

「うん、すっかり。全部神崎君のおかげなので、なんでも仰《おっしゃ》ってください。これはお礼のお菓子です、お土産《みやげ》のロールケーキです」

「ご、ご丁寧《ていねい》にありがとうございます。えーと……せっかくだから、カフェでみんなで食べますか。そろそろ三時だし」

「午後のティータイムというのもいいかもしれないわね。英愛さんはもう起きている？」

「はーい、もう超元気で困っちゃうくらいです。お兄ちゃん、雪理さんとのデートはどうだった？」

「っ……デートだったんですか？　そ、それは……おめでとうございます……っ」

「恋詠ったら……それは早とちりなのだけど」

雪理が黒栖さんの耳元で何かを言う。大事なことがあるのでまた今度話したい、あるいは俺から話すかもしれない、というくらいだろうか。

黒栖さんがこちらにやってくる。彼女も少し背伸びをして、俺の耳元に顔を近づけた。

「そ、その……もし良かったら、私にもお話を聞かせてください。私はいつでも大丈夫ですので」

「ありがとう。また相談させてもらうよ」

「あー、なんかあーしに内緒の話してる。レイ君、あーしもこよちゃんの秘密教えてあげるね。さっき保健室のベッドでマッサージしてあげたら……」

「ひぁっ……だ、駄目ですそれは、恥ずかしいので……っ」

「みんな賑《にぎ》やかで仲良しやね。神崎くん、こんなに色んなタイプの子に人気なんや。姉崎さんもギャルやけどめっちゃいい子やね、気が回るっていうか」

「ちょちょ、なんか恥ずかしいこと言おうとしてない？　あーしもセンパイがレイ君待ってる間のこと言っちゃうよ？」

「それは言わへんって約束やんか。うちのことはええの、ちょっとお礼に来ただけなんやから……神崎くん、気にせんといてな」

　なんというか、とても人懐っこいというか。女子が多くてかしましかったのが、さらに賑やかになってしまった。

　そういえば坂下さんはどうしたのだろう――と医務室の中を見てみると、フワリを胸の上に置いてベッドで眠っていた。みんながそっとしておくわけだと納得し、俺も武士の情けとして見なかったことにしておいた。

7　ふたつの現実

水澄先輩はまだご両親が心配しているからとのことで、少し歓談したあとで帰っていった――またアドレスを交換することになり、俺のアドレスデータがかつてない登録数になりつつある。

帰りは校門前で解散し、英愛と一緒に自転車で帰ってきた。居間でのんびりしていると、妹もソファの斜向かいに座る。

「お兄ちゃん、びっくりするくらいどこに行っても人気あるよね」

「まあ、水澄先輩が挨拶に来てくれたのは予想外だったな」

「あ、ちょっと誤魔化《ごまか》してる。プールでも人気だったよね、お兄ちゃんの……えっと、身体が仕上がってるとか……」

「そ、それはまあ……筋肉とか好きなんじゃないか？　俺はそう筋肉質でもないけど」

「そうかな？　二の腕とかカチカチだよ、私なんてほら、全然ぷにぷにしてる」

英愛は俺の腕に触ってから、自分の二の腕を俺に触らせる。確かこの部分は、他の部分と柔らかさが同じだとか――と、頭に過《よぎ》った考えを散らす。

「はあ、私ももう一年早く生まれてたら、お兄ちゃんと二年間高校に通えたのに」

「……中学の時は、一年間一緒だった……んだよな」

　俺にとってはログアウトした後に初めて会った妹。だが、彼女がこの家で生活してきたというなら、その分だけの過去が存在することになる――俺たち家族と一緒に過ごした記憶が。

「お兄ちゃん、中学の時は今と違ってたよね。私とあまり学校で話してくれなかったし、周りの人には妹なんていないって言ってたり……」

「……俺は、そんな酷《ひど》い兄貴だったか？」

　記憶にないことでも、英愛の中で『そうなっている』のならば、謝らなければならない――俺は彼女を妹として受け入れたのだから。

「ううん、本当は優しいお兄ちゃんだって分かってたから。入院しちゃった時も、学校を休んでずっとついてたの」

　俺が『Ｄデバイス』をつけてデスゲームにログインしていた時間――その間も、英愛は傍にいたというのだろうか。しかし俺は目覚めた時にはデバイスをつけていなかったし、Ｄデバイスは元々存在しなかったはずのダイブビジョンに変わっていた。

　ログアウトした後の現実が、元の現実から変化している。魔物のいなかった『元の現実』に形だけ酷似《こくじ》している、別の世界に飛ばされてしまったかのように。

　並行世界――思い浮かべたのはそんな言葉だった。並行する二つの世界があり、俺はデスゲームにログインすること、そしてログアウトを通して、世界間を移動したのだとしたら。

（デスゲームからログアウトできたとして、ソウマたちが行き着くのは……この世界っていうことになるのか……？）

「……お兄ちゃん？　病院でのこと、思い出しちゃった？」

「……いや。なんでもない、それで黙ったわけじゃないよ」

「そっか……ん、そろそろ夕ご飯の支度《したく》しなきゃ」

「ああ、俺も手伝うよ」

「いいの、お兄ちゃんは座ってて。ずっと動きっぱなしだから、休むときは休まなきゃ」

英愛はエプロンをつけてキッチンに入っていく。俺は部屋の中を見回し、見えるものが記憶と一致していることを確認し——あるものに気づく。

キャビネットの上に置かれた写真立て。家族写真——その中に、俺と妹が二人で写っているものがある。

《——警告　神崎玲人の感情バイオリズムが変動》

「っ……」

ドクン、と脈打つような頭痛が走り、俺は写真に触れるのをやめる。

ソファに座って息を整えるうちに、イズミの警告は止まった。

それまでは知らなかったはずだった。ログアウトしてからしか存在しなかった英愛の記憶が、まるで前から存在していたかのように、俺の頭の中にあった。

（俺は……間違いなく一人の人間、『神崎玲人』なんだ。ログアウトする前も、デスゲームの中にいた間も、そしてここにいる俺も……それでも……）

それが答えだとは限らない。それでも今分かるのは――ここが並行世界の類《たぐい》であったとして、元からこの世界にいた『俺』は、ここにいる俺と繋《つな》がっているということ。

自分が経験していないはずの過去が、確かにこの世界にはある。それがどれだけの矛盾《むじゅん》を生んでいるのか――自分という存在の足元が定まらなくなる、そんな不安に押し流されそうであっても。

「……あ、お兄ちゃん。いいって言ったのに……手伝ってくれるなら、お願いしちゃおうかな」

「ああ。タマネギの皮むきなんかは任せてくれ、俺も苦手だけどな」

「じゃあ水泳のときのゴーグルつけちゃえば？　持ってきてあげよっか」

「それは名案だな」

妹と二人で写っていた写真。十歳くらいの俺と、英愛とが、はにかんだような顔で写っていた。

存在しないはずのその写真を見た時に感じたのは、懐かしさ。

そして、ありもしない記憶を本当のものだと受け入れようとする自分に対する違和感。

「……英愛と昔、写真撮ったよな。居間に置いてあるの、久しぶりに見たよ」

「あの頃って、まだお兄ちゃんと仲良くなれてなかったよね。お母さんが一緒に写りなさいって言って、お兄ちゃんしぶしぶ入ってくれたの」

また一つ、変わっていく。ログアウトする前の俺と、今の俺が重ならなくなる。

並行世界というのは一つの考え方で、変化したのは世界そのものなのかもしれない。俺が元とは違う、別の世界に移動したのかはまだ確定していない——確定できる材料が揃っていない。

両親はこの世界でも変わらないままで、写真に映っていた。

俺が守るべきものは確かに『この現実』にある——仲間たち、出会った人々、そして妹。

「あはは、お兄ちゃんゴーグルつけないから。しょうがないなー」

妹がティッシュで俺の目元を押さえる。甲斐甲斐《かいがい》しくされて、照れ笑いをするしかない。

「……昔ね、私が公園で喧嘩《けんか》して泣いてたとき、お兄ちゃんが助けてくれたの覚えてる？」

「ああ、英愛のことが気になってた男の子が意地悪言ったんだったか」

「お兄ちゃん、いつもぶっきらぼうだったのにあの時はね……かっこよかった。私、あのときお兄ちゃんが助けてくれなかったら、そのまま男の子が苦手になってたかも」

「そんな極端な……と言いたいが。あの時は、そうしたくなったんだろうな」

「あはは、だろうなってお兄ちゃん他人事《ひとごと》みたい」

今日のメニューは手作りハンバーグのようだ。妹の昔話に相槌《あいづち》を打ちながら、彼女に指示されるままに料理の助手をした。

◆◇◆

「ふう……」

先に風呂に入れと言われたので、言われるがままに入っているが――妹の好みで入れられた入浴剤はフローラルな香りがする。これでは兄妹で同じ香気をまといかねないが、特に問題ないといえばない。

ジムでのトレーニング、そして水泳の時間。そして魔法実験棟――エリュジーヌを受肉《じゅにく》させた件については、やはり考えずにはいられない。

「魔女神……メフィオラ……」

デスゲームの中で討伐《とうばつ》したのは魔神アズラースだ。旧アストラルボーダーにおいては、それ以外に最終ボスがいるという情報は得られなかった。

もし魔女神がアズラースと同等の力を持っていたら――それでなくても、俺一人で勝つことは困難だ。

ソウマ、イオリ、ミア。三人がログアウトできて、俺と同じようにゲーム内で得た力をそのまま持っていれば――だが、メフィオラが現れるまでに、三人にもう一度会えるかは分からない。

（そして……アズラースとの戦いで、三人は命を落としている。そんな戦いにもう一度挑まなければならないとしたら……）

あの絶望を二度と繰り返したくはない。仲間たちとまだ会えていない俺は、本当はまだ安堵《あんど》などしてはならない——。

（エリュジーヌは俺の従僕になった……ならば、言っていることに嘘はない。魔女神メフィオラは存在していて、この世界に魔物を送り込んでいる。そういうことだ）

『もしも』が本当に起きたときのために、準備が必要だ。可能な限り強くなり、強力な装備を手に入れ、協力できる仲間を増やす。

『お兄ちゃん、そろそろのぼせちゃわない？』

「ああ、そろそろ上がるよ」

『はーい、それじゃ私も……きゃっ……!?』

「っ……英愛、どうした!?」

悲鳴が聞こえて浴室の扉を開ける——すると。

「フワリちゃん、ついてきちゃってたの？　びっくりしたよー、もー」

英愛の胸に抱かれて、フワリがわたわたと暴れている。姉崎さんが飼うことになったはずなので、こんなところにいたらかなり心配しているだろう——と。

英愛の視線が俺の顔から、下にスッと移動していく。俺も同じ方向を見て――。

「……あ……」

「……失礼」

できるだけさりげなく、俺は一歩下がってカラリと浴室の戸を閉めたが――。

『……お兄ちゃん、私気にしてないよ？　えっと、昔も一緒にお風呂入ったことあるし』

「その気遣いはいいから、いったん外に出ててくれっ」

『あっ、はーいっ……フワリちゃん、おいたする子は一緒にお風呂で洗っちゃうからねっ』

妹に裸を見られた――思いっきり。レベル１００を超えたこの俺が、反射的に動くということを完全に忘れた。

いや、これこそが油断だ。レベルやステータスに慢心するようなことがあってはいけない。

改めて浴室を出て、脱衣所に出る。この落ち着かなさは――見られたのは俺なのに、やってしまったという思いにしばらく悩まされた。

◆◇◆

俺が風呂から上がると、英愛が姉崎さんからの電話を受けていた。話し終わると、今度は俺自身にかかってくる。

「お兄ちゃん行ってくるね」と英愛は小声で風呂に行く旨《むね》を伝えてきて、俺は頷《うなず》きを返す。居間のソファに座ると、フワリが膝の上に乗ってきた。

『ごめん、あーしが知らない間に妹ちゃんのバッグに入っちゃってたみたい』

「ああ、それなら明日学校に連れていって、武蔵野先生に預かってもらっておくよ」

『ほんとにごめんねー。はー、今日フワリちゃんと寝ようと思ってたのに』

「姉崎さんも今日はお疲れ様。ゆっくり休んで」

『うん。レイ君めっちゃ優しい、怒られると思ってたから安心しちゃった』

「俺もフワリを見てるのは嫌いじゃないしな……今膝の上にいるんだけど」

『えー、可愛《かわい》すぎない？　自撮り送ってくれたりしない？』

「はは……自撮りってしたことないんだよな」

『じゃあ今度やり方教えてあげる。あーしんち、配信に使うカメラとかあるよ。動物とか人気だから結構見てもらえるかも』

「配信か……可愛いとはいえ、魔物の姿を流すっていうのもどうなのかな。でも興味はちょっとあるよ」

話しているうちに英愛がフワリを呼ぶ。フワリは俺の膝から降りて走っていく——爪の音がしないので、肉球がクッションになっているらしい。

『これであーしんちにもレイ君が来る用事ができちゃった……ってコト？　なんて、レイ君忙しいからね。あーしはみんなと一緒の時に参加できたらいいかな』

「姉崎さんと会ってから、結構一緒にいる気がするな。まあ、みんなまだ知り合ったばかりなんだけど」

『こよちゃんもそう言ってたよ。レイ君と会ってから友達が増えて嬉しいって。レイ君と一緒にいられるのが一番楽しいって言ってたけどね。まあ他にもいろいろと……あー、言いたーい、でも言えなーい』

これは――たぶん、黒栖さんが姉崎さんにマッサージをしてもらったと言っていたので、その時に話したことなんじゃないだろうか。黒栖さんは恥ずかしがっていたので、これ以上聞いてはいけない。

「姉崎さん、あまり黒栖さんを困らせるのは駄目だよ」

『うん、分かってる。こよちゃんめっちゃ可愛いから、今度あーしがメイクしてあげよっかって言ったんだけどね』

「っ……黒栖さんがギャルメイクを……？」

『あーしだってナチュラルメイクだってできるし、普通に可愛くできるよ。そんなわけで、交流戦が終わったら今度はあーしらと遊ぶ……っていうのは駄目？』

勢いで押し切るわけでもなく、急に弱気になる姉崎さん。

緊張している息遣いが伝わってくる――実を言うと、姉崎さんのようなタイプが今まで周りにいなかったので、なぜこうも仲良くできているのかと自分で不思議になる。

「俺は大丈夫だけど……って、だいたい誘われたらOKしてるみたいだけど、節操《せっそう》がないとかじゃないよ」

『あはは、あーしもまだレイ君と会って全然経ってないけど、レイ君のことちょっとは分かってきたつもりだから。遊び人とか全然思ってないよ？』

遊び人は成長すると賢者に転職するらしいのだが――と、それはゲームの話だ。

『あ、ほんとに思ってないです、レイ君みたいな人だとみんな安心できるよね。あーしたちのこと、見守っててくれる感じっていうか……』

「それはどうかな……って、せっかくの信頼を落とさないようにしないとな」

『……今のちょっとなんてゆーか、あーし的には良かった。レイ君って、実はワイルド系の方が……こら、服脱ぎっぱなしにしない！　お姉ちゃん電話してるからちょっと待ってて！』

どうやら『お姉ちゃん』と声が聞こえたので、姉崎さんが妹さんに話しているようだ。

『あーごめんね、妹がお風呂入るから入れてこなきゃ』

「そうか……姉崎さん、お姉さんって感じがしたよ」

『えー、それって褒《ほ》められてるのかなあ……まいっか、おやすみレイ君』

「ああ、おやすみ」

電話でも姉崎さんのバイタリティは凄《すご》かった。話しているだけで圧倒されてしまう。

妹はまだ風呂にいるようなので、一度自室に戻ることにする。フワリは本当に大人しく風呂に入れられているようだ——英愛には魔物使いの才能があるのかもしれないが、実際の職業はまた別なのだろうか。

◆◇◆

英愛が風呂から上がったあと『アストラルボーダー』に少しログインし、今日も今日とてレベル上げをする。ベータテストでもデイリーボーナスがあるので、それを逃さないためというのもある。


「ふぁ……お兄ちゃん、お疲れ様」

「ああ、お疲れ」

「今日は『リズファーベル』出てこなかったね。すごく似てると思うから、フワリちゃんと比べてみたかったのに」

「レアモンスターだからな。ゲームの魔物と実際の魔物が似てるってのも、いいのかと思うところだけど」


偶然かもしれないのでなんとも言えないが、現実と同じスキルを使えるシステムがある以上、現実の魔物を参考にしていないとも言えない。

今の運営は一体どんな方針なのか、なんのためにそんなシステムを実装したのか——このゲームと俺の経験したデスゲームが似て非なるものであっても、やはり考えずにはいられない。

「それじゃお兄ちゃん、私寝るね。おやすみー」

すでにベッドの端で丸くなって寝ていたフワリを、英愛が抱き上げて連れていく。

『アストラルボーダー』のβテストに参加したのは、ただのゲームであることを確認するため——もしそうでないなら、仲間たちの手がかりを探すためだった。

ログインを続けて理解したことは、このゲームは——憎らしいほどに出来が良く、時間を費《つい》やしたくなるような内容だということ。

たとえデスゲームでも、仲間たちと冒険したあの世界が、俺は憎みきれないということ。そんな考えは馬鹿げているし、ログアウトできずに死んでいった人たちへの裏切りだ。

「……ソウマ。ミア。イオリ……」

仲間たちに再会するため、新たな手がかりを得るために何をすべきなのか。時間を浪費するわけにはいかない。

ベッドに横になり、目を閉じる。短い眠りしか必要としなくても、睡眠は脳を整理してくれる——だから、今は少しだけ眠る。

◆◇◆

――薄く目が開く。

まだカーテンの外は暗い。明かりを消した覚えはないが、部屋は暗くなっている。

何気なく、横に視線を向ける。

目の前に、妹の顔がある。目を閉じて、安心しきった様子で眠っている。

（完全に落ちてた……寝込みに侵入されるとは。俺もまだまだだな）

冗談めいたことを考えつつ、俺は妹を起こさないよう、再び仰向《あおむ》けになって目を閉じる。

「……お兄ちゃん、起きちゃった？」

「ん……なんだ、寝てないのか」

「ううん、寝てたよ。まだ眠いし、もう少しここで寝たいな……駄目？」

「俺はいいけど、狭くないか？」

「えへへ、大丈夫。だってお兄ちゃん、隅っこに寄って寝てるんだもん」

「……隅の方が安心するとか、そういうのないか？」

英愛はくすっと笑って、少しだけ後ろに下がった。俺のためにスペースを空《あ》けてくれているらしい。

「……お兄ちゃん、あ、あのね……」

「……どうした？」

さっきは下がったはずの英愛が、身体《からだ》を起こす。そして、俺を上から見てくる。

「……兄妹って腕枕とかしないよね、普通は」

「ま、まあ……普通は、そうだろうな」

仲が良い兄妹でもそれぞれの部屋が欲しかったりして、一緒に寝たりするのは子供の頃だけの話——それが俺の考える『普通』だ。

「お兄ちゃん、さっき狭くないかって言ったから……だから、駄目……？」

それはもう少し寄った方がいいんじゃないか、という意味ではなく、自分の部屋で寝た方がいいとか、そういう意味で。

しかしそれを言ってしまうのも、どうなのかと思う。普通ならこうするとかじゃなく、自分がどう思うかだ。

「……少しだけなら。いいのか、そんな甘えん坊で」

「えー……そういう意地悪言っちゃうんだ」

それは照れ隠しのようで、英愛は俺が腕を差し出すと、そろそろと頭を預けてくる。

「……凄く落ち着く。フワリちゃんは足元のとこにいるよ」

「そうなのか……それにしても、急にどうしたんだ。怖い夢を見たとか？」

「ううん、そうじゃないけど。夢は見たんだけど、それは関係なくて、なんとなく……」

「……そうか。こうするのは時々だけだぞ、起きた時驚くからな」

「ごめんなさい。でもお兄ちゃんと一緒に寝てるとあったかいし、落ち着く」

「夏になってきたら、そう言ってもいられなくなるけどな」

「それならエアコンで、冷蔵庫の中みたいに冷やして寝ればいいよ」

「エコの欠片《かけら》もない話だな、それは」

話しているうちに英愛がうとうとと目を閉じて、寝息を立て始める。少しだけと言ったのに、このまま寝るつもりのようだ。

「……起きたら部屋に戻るんだぞ」

「うん……もうちょっとだけ。おやすみ、お兄ちゃん……」

噛《か》み合っているようで噛み合っていない。それでも怒る気にはなれない。

中学校での悪魔の襲撃から、それほど日が経っていない。ふとした時に思い出してしまうようなこともあるかもしれないし、落ち着くまではこうしていてもいい。

朝までは時間がある。今日はいつもよりも長く眠る、たまにはそれも悪くはないと思った。

第四章　交流戦　予期せぬ邂逅

１　シミュレーション

週明けの月曜日。授業が終わったあと、交流戦チームで集合することになった。

前回幾島《いくしま》さんと姉崎《あねさき》さんに会った討伐科《とうばつか》の校舎にある資料室ではなく、今日は視聴覚室にやってくる――そこで交流戦メンバーが一つずつ渡されたのは、家で使っているものと少し違うダイブビジョンだった。

「今年から、ＶＲシステムによる交流戦の事前シミュレーションが行えることになりました。そのための機器が提供されましたので、セットアップを済ませてあります」

「実習にＶＲシステムが使われるかもと言っていたけど、実現段階に入っていたのね……」

「交流戦は優秀な討伐者《バスター》を見出《みいだ》すことも目的の一つですので、ＶＲ訓練シミュレーターの開発は、全国の総合学園の共同プロジェクトとなっています」

「シミュレーションっていうのは、試合の演習ができるってことでいいのかな」

幾島さんはこくりと頷き、手元のリモコンを操作する。すると部屋が暗くなり、視聴覚室の板書をするためのホワイトボードの前に、スクリーンが下りてきた。

映し出されたのは、今回のシステムのＰＲ動画のようだった。ダイブビジョンを使って実際に特異領域《ゾーン》に入る以外にも、模擬《もぎ》訓練を可能にする試みということらしい。

「試合と同じ地形ではありませんが、フィールドには障害物が配置されており、ひととおりの簡易戦術と相手のスコアパネルを狙う感覚などを試すことができます……とのことですが、現状は討伐科を備える総合学園は特異領域《ゾーン》を管理しており、生徒の育成カリキュラムにも領域潜入が含まれていますので、あくまでテストケースとなっています」

「つまり、使ってもいいけど使わなくてもいいということね」

「最初の試合は今週の水曜日でしたか。僕としては、射撃でスコアパネルを狙う感覚は試しておきたいですね」

「えっ、水曜日って連休初日じゃない？　あーしたちのお休み減っちゃうの？」

「基本的に交流戦は休日に行われるので、私たちは振替休日が貰えます。好きな時に休める権利ですわね。皆さん、夏休みを一日増やしたりという使い方をされるようですわ」

伊那《いな》さんの説明で姉崎さんも安心したようだ。確かに休みが減るというのは一大事だ——俺は休みを取っても何かしらで動いているとは思うが。

「幾島さん、実際の試合ではスキルが使えるんだよな」

「はい、リミッターリングの着用が必要となりますが」

「シミュレーターではどれくらいのことができるんだ？」

「登録されているスキルはＶＲシステムでエミュレートできるとのことです。未登録のスキルの場合はエラー処理が行われ、何も起きないとのことです」

「何か物凄《ものすご》くよくできたゲームみたいですね、話だけ聞いてると」

「試してみないと何も分からなそうだな。チーム分けをして模擬戦をしてみるというのは？」

「ああ、いいんじゃないか。皆もそれでいいか？」

　全員が頷き、早速チーム分けをする――俺と同じチームのメンバーは黒栖《くろす》さん、伊那さん、木瀬《きせ》君で、相手は雪理《せつり》、坂下《さかした》さん、社《やしろ》さん、唐沢《からさわ》という編制だ。

　全員が着席し、ダイブビジョンを装着して姿勢を楽にする。電源を入れると、真っ暗だった目の前が徐々に明るくなる――そして。

《ログインに成功しました　プレイヤーネーム認証　神崎玲人《かんざきれいと》　生徒ＩＤ：５３８１》

　ゲームとは違う簡素なアナウンス。やがて地に足が着く感覚が生まれ、自分がＶＲ空間に立っていることを自覚する。

　仲間たちがログインできたことを確認し、まずすぐ近くの建物の一階に隠れる。中には何もなく、地面は露出していて打ちっぱなしのコンクリートが四方を囲んでいるだけだ。

「これは……廃墟って感じの地形だな。元は人が住んでる市街地だったみたいなイメージか」

『実際の試合会場も市街に分類されるゾーンです。日本国内にこの種のゾーンは複数存在しています……所持品にスコアパネルがあると思いますので、任意の場所に装着してください』

スコアパネルは身体の特定の場所に装着できるようになっている。俺は右腕のあたりに貼り付けておいた──黒栖さんも同じ場所、木瀬君は首の後ろ、伊那さんは足だ。

『もう一つ重要なルールです。各チームの初期位置に旗があると思いますが、この付近に敵チームの侵入を許し、一定時間その状態を維持された場合も負けとなります。この旗のある地点を本拠地《ベース》と呼びます』

ベースを守りつつ相手のスコアを奪う──攻める経路次第でそれは両立できるが、もし味方が抜かれるとそのままベースを狙われることになる。

「あ、あの……VRシステム内でも、私のスキルは使えるんでしょうか？」

黒栖さんが幾島さんに質問する。彼女の姿は非常にリアルというか、βテスト版アストラルボーダーのグラフィックに遜色《そんしょく》がない。

試しに『マキシムルーン』を使ってみたが、黒栖さんの『転身』は発動しなかった。どうやら、特殊なスキル発動条件を全て網羅《もうら》しているわけではないらしい。

「すみません、お役に立てなくて……」

「『セレニティステップ』の方は使えるかな」

「あっ、はい……試してみます」

《黒栖恋詠《こよみ》が特殊行動スキル『セレニティステップ』を発動》

黒栖さんのスキルは無事に発動する――しかし『転身』して使ったときと違い、かなり減殺されているが、動きに合わせてかすかに音はしている。

「なるほど……ありがとう、黒栖さん。体力が減った状態を作らなくても『転身』できるといいんだけどな。黒猫以外のバージョンというか」

「変身には他にも条件があるかもしれない……ってことですね。分かりました、私もなんとか探してみますっ」

「こういう感じですのね……匂《にお》いはしないのに、音と空気の手触りはある」

「音は重要だ。敵が出した音をナビゲーターに拾ってもらうことはできるか？」

木瀬君が質問する――彼は銃を使うので、いかに離れた敵を見つけるかが重要になるだろう。

『可能ですが、選手の皆さんが感じ取った音の発生源をある程度絞《しぼ》り込む程度です。相手が魔力を使って攻撃をするなどした場合は、その瞬間の位置は特定です』

「了解《しぼ》した。唐沢も同じことを考えているだろうから、位置の読み合いになるな。ある程度射線を絞ることはできるから、マップにその位置を示して共有したい」

『分かりました。では、反映したものを共有します』

辺りにはビルが立ち並んでおり、足元はアスファルトで舗装《ほそう》されているが、ところどころがひび割れている。まるで廃墟を探索するゲームのステージのようだ。

「木瀬の予測通りなら、向こうに見えるビルの屋上に唐沢君が潜伏している可能性がある……ということですか？」

「予測ではな。他の候補地点は二箇所《かしょ》あるが、正面から攻める手はない」

「撃ってくるのが分かっているなら、防ぐことはできるんじゃないか？」

「並みの反射神経でも、防御力でも難しいが……神崎であれば可能かもしれないな。もちろんそんな作戦を実行に移せば、敵もかなり動揺《どうよう》するだろう」

「では、狙撃手の位置を特定したあとはどうするのですか？」

「あの建物の出入り口を押さえる。狙撃手を護衛する選手がいる場合は、交戦は必至だな」

「交戦……わ、分かりました……！」

「黒栖さんは正面から戦うんじゃなく、慎重に慎重を重ねて相手の裏取り……奇襲を狙った方がいいな。スコアを取ったあとは離脱しなきゃならない、ルール的にはそうだよな？」

『はい。スコアパネルに何回攻撃を当てたかが重要となります。相手に一度クリーンヒットを当てたとしても、自分もクリーンヒットを受ければスコアは両チーム同値となります』

「スコアパネルは何度攻撃しても得点が入るのですか？」

『一人の持ち点は50点ですので、クリーンヒット一回で10点、ヒットで5点、ギブアップとみなされた場合は50点となります』

ルールの確認は終わった――あとは試すだけだ。

普通、敵にスナイパーがいると分かっていて射線に身体《からだ》をさらすのは自殺行為だ。いかにスナイパーに狙われず、懐《ふところ》に潜り込んで排除するか――それだけではなく、他の敵メンバーにどう対処するか、反射的な判断が問われる。

「これは本番でも相手に狙撃手がいたとして、対応できるかのテストだ……響林館《きょうりんかん》には凄腕《すごうで》のガンナーがいるっていうから、唐沢には仮想敵になってもらう」

三人が頷く。もう三人も、極力声を出さない方がいいと理解している――雪理たちがすでにある程度接近してきている可能性も否《いな》めない。

（３、２、１……ＧＯ！）

《神崎玲人が強化魔法スキル『マルチプルルーン』を発動》
《神崎玲人が強化魔法スキル『スピードルーン』を発動》
《神崎玲人が強化魔法スキル『アクロスルーン』を発動》

「っ……身体が軽い……それに、なんですの、この走りやすさは……」

「足元が全然気になりません……っ、整った道を走ってるみたいです……っ！」

市街地とはいえ、道の破損はひどく普通に歩くだけでも苦労する――そんな地形でも踏破《とうは》を可能にする『アクロスルーン』が有効か、ここで試しておく。

このまま先に行けば狙撃される可能性があるというところで、黒栖さんと伊那さんが物陰に待機する。木瀬君の姿は見えないが、後衛として二人をサポートできる位置にいるだろう。

（狙ってくるか、唐沢……！）

ビルの間の開けた道に飛び出していく。ほぼその瞬間に、俺は狙撃してくるだろう方向に向けて反応していた。

《敵チームDからの射程外からの攻撃》

《神崎玲人が強化魔法スキル『プロテクトルーン』を発動》

「くっ……‼」

視認できたわけではない、だが魔力眼を使わなくてもギリギリで反応できた。かざした手のひらの先に展開したルーン文字が盾を形成し、魔力《オーラ》に包まれた弾丸を防ぐ。

もう一発の牽制《けんせい》射撃を防ぐ。幾島さんのスキルで共有されたマップに表示された位置は木瀬君の読み通り――しかしこの距離でこの精度、唐沢の狙撃手としての能力は相当なものだ。

位置が知られればすぐに移動する。それが狙撃手のセオリーだと思うが、俺は肌にヒリつくような感覚を覚える。

——狙撃の一発目を外しても、二発目を撃つチャンスはある。

——それでも私は一発を外したら必ず位置を変える。狙撃手は防御力が低いから。

「——そこっ！」

《敵チームＤからの射程外からの攻撃》

《神崎玲人が攻撃魔法スキル『フォースレイクロス』を発動》

攻撃魔法レベル８『フォースレイクロス』——片手の指を交差させる、ただそれだけで図形を完成させる発動速度に優れた魔法。

その速度、そして直線距離の射程は、使用者の能力《ステータス》に比例する。

《神崎玲人の攻撃が敵チームＤにヒット　敵チームＤが戦闘不能》

《神崎玲人のスコア　プラス50ポイント》

当てられた――この距離で。防ぐだけでも十分ではあるが、唐沢は二発目をすかさず狙ってきていた。

二発目の狙撃は、俺が魔法を発動する直前に行われた。それでもカウンターを決めることができたのは、銃弾の速度を、俺の魔法の速さが超えていたからだ。

《伊那美由岐《みゆき》、黒栖恋詠が敵チームA、Bと交戦開始》

「まったく……狙撃手を超える射程とは、恐れ入るよ神崎……！」

走っていく木瀬君の後を追いかけ、俺は伊那さんたちの支援に向かう。すると俺の前に、双剣を構えた社さんが走り込んでくる。

「――はぁぁあっ！」

「くっ……！」

《敵チームCの攻撃がヒット　敵チームプラス5ポイント》

《木瀬忍が射撃スキル『アキュレートショット』を発動》

《木瀬忍の攻撃が敵チームCにヒット　クリーンヒット　スコアプラス10ポイント》

「ひぇぇっ……これでも当ててくるんだもんなぁ、木瀬君……！」

《神崎玲人が弱体魔法スキル『スロウルーン』を発動》

《敵チームＣの攻撃》

なんとか社さんの攻撃に割り込めた――彼女の額に呪紋《ルーン》が現れ、攻撃は空を切る。

「……な……に、こ、れ……す、ん、ご、い、ゆっ……くり、に……」

「いや……その魔法は決まればほぼ必殺に近いな。交流戦でも使えるなら無敵じゃないか？」

「あぁー……わた、し、これ、って、えっ、ちな……てん、かいに……」

「余裕がありそうだが社、スコアはもらっておくぞ。神崎、頼む」

「あ、ああ……悪く思わないでくれ、社さん」

「や、ら、れ、た、ぁー……」

《神崎玲人のスコア　プラス45ポイント》

社さんに取られたポイントを取り返し、これで敵チーム二人撃破で１００ポイントになった。

「──やぁあっ！」

「くうっ……容赦《ようしゃ》ありませんわね……っ！」

「黒栖さん、潜伏から出てきてしまうなんて、人が好い方ですね……っ」

「す、すみません、ついっ……きゃあぁっ！」

《敵チームAが剣術スキル『雪花剣《せっかけん》』を発動》

《敵チームAの攻撃が伊那美由岐にクリーンヒット　スコアマイナス10ポイント》

《敵チームBが格闘術スキル『双撞掌《そうどうしょう》』を発動》

《敵チームBの攻撃が黒栖恋詠にヒット　スコアマイナス5ポイント》

「流石《さすが》だな……木瀬君、急ぐぞ！」

「ああっ……しかし神崎……」

「ん……？」

「このＶＲというやつ、走るのが普通に難しいぞ……その適応力はなんなんだ、神崎は新人類か何かか？」

宇宙人を見るような目で見られる──俺は木瀬君にＶＲＭＭＯで操作には慣れている、と改めて説明するのだった。

◆◇◆

雪理と坂下さんの猛攻でポイントを奪われたが、俺たちが駆けつけたことで拮抗《きっこう》状態になり、ポイントの奪い合いになった——そこまでで１セット目の訓練を終えた。

２セット目は唐沢が狙撃ではなく援護に回ってきたが、その方がこちらとしてはやりにくかった。木瀬君との撃ち合いになったが、白熱している彼らに水を差すのもなんなので、俺は伊那さん、黒栖さんと共に他の三人を相手に立ち回った。

「お疲れ様でした。シミュレーションのデータについては、後で見られるようまとめておきます」

「ありがとう、幾島さん」

「そこの大きい画面で見てたよー、実際の試合もこんな感じなのかな？　もー、見てるだけでもテンション上がっちゃった」

姉崎さんが身振り手振りを交えて興奮を伝えてくる。交流戦には世間も関心を持っているというが、特異領域《ゾーン》で試合が行われるとなると、観戦は中継か後日配信ということになる——それでも見たい人が多いというのは、実際に試合をしてみると分からないでもない。

「いや、狙撃手の役割を果たすつもりだったが完封されたな」

「唐沢の狙撃の精度は凄《すご》かったよ。敵もあの距離で当ててくるとしたら、良い予行演習になった」

「そうか……敵チームにしてみれば神崎がいるのは相当に厳しいだろうな。狙撃に反応して反撃できる魔法使いなんて、そういるものじゃない」

「玲人がいればチームが大崩れすることはないと思うから、あとは自分たちが役割を果たすだけね。明日は試合前の調整程度にしておきましょうか」

「かしこまりました、お嬢様」

「折倉さんほどのアタッカーは相手にいないと思いますが、一対一では負けられませんわね」

「狙撃手を私たちが倒しちゃうっていうのはどうです？　懐《ふところ》に入っちゃえばこっちのものですし」

「唐沢が2セット目でそうしたように、移動しながら撃ってくるガンナーもいるからな。遠距離が強いとはいえ、近距離でも射撃を受けるのは得策じゃない。おそらくクリーンヒットすれば戦闘不能扱いになるだろう」

「相手の人が遠くに潜伏しているときは、私がなんとかします。今回は見つかってしまいましたけど、次こそは……」

　黒栖さんが坂下さんに発見されたのは、実戦と違って『転身』が使えなかったからというのが大きい。

水曜日の試合では、黒栖さんが能力を活かす場面もあるといいが――何よりも、初試合で勝利を収めることが大切だ。

２　新人戦

五月二日――連休初日だが、俺たちにとっては交流戦の初戦日だ。

朱鷺崎《ときさき》市と隣の市を隔《へだ》てる東の境。その一定の範囲をフェンスが囲っており、中は霧がかかっていて見えない。この向こう側が特異領域《ゾーン》ということだ。

雪理が手配してくれたマイクロバスで、風峰《かざみね》学園から三十分。スマートフォンで地図を確認すると、特異領域《ゾーン》のある辺りの説明はなく、外側に『公式演習用クラブハウス』と表記されている建物があり、車はその近くで停まった。

「角南《すなみ》さん、ありがとう。試合が終わったら連絡するわね」

「はい、お嬢様。ご武運をお祈りしております」

俺たちがクラブハウスに向かうまで、角南さんは運転席から降りてずっと見送っていた。

クラブハウスの更衣室で試合用の装備に着替える。訓練用のスーツを着て竜骨《りゅうこつ》のロッドを持つ――唐沢と木瀬も同じ防具を着け、それぞれ試合用弾入りのスナイパーライフル、アサルトライフルを持つ。

「非殺傷弾でも射程を落とさない技術か……」

「どんな魔法かといったところだが、実際に魔力を利用しているようだな」

「二人とも銃の玄人《くろうと》らしい意見だな。参考になるよ」

「銃に対抗できる神崎の魔法も、もう一度見せてもらいたいところだが。練習試合では一瞬のことで分からなかったし、現実《リアル》ではまた違うだろうしな」

話しながら更衣室を出る。しばらくすると、雪理たちも着替えを終えて出てきた。

雪理はファクトリーで作った『マジックシルバー』『竜骨』『疾風のエメラルド』を使ったプロテクターをつけていて、剣はいつも使っている超級品ではなく『シルバーレイピア』を持っている。

「男子は三人とも揃っているわね。坂下、黒栖さんは……」

「は、はい、大丈夫です。その、ちゃんと出られますので……」

物影に隠れていた黒栖さんがそろそろと出てくる――『ワイバーンレオタード』は訓練用スーツより性能が高いので、見た目よりは防御力がある。

唐沢と木瀬君は動じていないように見えるが、黒栖さんを直視しないようにしているようだ――その気持ちはよく分かる。

「これで私のスーツより防御力が高いのですから、『ランスワイバーン』の素材の強さがうかがえますわね」

「でも私たちの場合だと『レオタード』じゃなくて普通の『スーツ』になるんですよね。装備適性って不思議ですよねー」

　社さんは言いつつ黒栖さんを見やる――体型の個人差が装備適性に関わるのではということかもしれないが、俺からはコメントできない。

　幾島さんと姉崎さんはマイクロバス内に待機することになっている。幾島さんは制服姿、姉崎さんはジャージ姿だ。

「あーしもなんかユニフォーム的なの用意しようかな。ジャージでも気分出るけど」

「試合が終わったら相談しましょう。ありがとう、今日も参加してくれて」

「これまで一緒に練習とかしてきたし、今日も心は一緒に戦ってるから。みんな頑張れ！　風峰学園、ファイトー！」

「お、おおっ……って、みんなはやらないのか」

「……いえ、頑張りましょう」

「「はっ！」」

　雪理が一瞬付き合ってくれそうな気がしたが、普通に言い直してしまった。坂下さんと唐沢が返事をして、伊那班の三人も頷《うなず》く。

　特異領域《ゾーン》の入り口ゲートは二つあり、討伐隊《とうばつたい》の隊服を来た人の姿があった。試合に使うとはいえ特異領域《ゾーン》なのだから、警備は必要ということか。

対戦校である響林館学園の生徒たちも、俺達と違うクラブハウスで準備を終えて姿を見せる。合計で八人、男子が五名、女子が三名の構成だ。

――一番後から現れた、スナイパーライフル持ちの女子。バイザーをつけていて目元が見えないが、銃使い《ガンナー》が彼女だけということは、彼女が掲示板で名前の上がっていた速川鳴衣《はやかわめい》ということか。

俺たちは西側のゲート前に横一列に並んで向き合う。ちょうど俺の対面にガンナーの女子がいる――彼女は俺を見た途端、ハッとしたように口を押さえた。

「速川、どうした？」

「……なんでもない。たぶん、気のせいだと思う」

「無理しないでね、私たちのチームは鳴衣の調子次第なんだから」

「余計なことを言うな、谷渕《たにぶち》」

「っ……す、すみません」

「では、試合前の説明を始めさせていただきます。私は全国総合学園対抗交流戦運営委の者で、小石川《こいしかわ》と申します。本日の審判を務めさせていただきます」

小石川と名乗った女性は軍属のオペレーターのような服装をしている。試合状況を把握するために、幾島さんのようなスキルを持っているのだろうか。

「本日の試合は、交流戦春夏シーズンの前哨戦《ぜんしょうせん》に位置する、新人戦となります。本日の勝敗もシーズン成績に入りますが、今回は一年生のみでチームを編制するというルールになっています。八対八で、このスコアパネルを身体《からだ》の一部に身に着け、それを狙って攻撃するとポイントが加算となります。自分が攻撃を受けた場合は……」

事前のシミュレーション通りなので、試合内容は全《まった》く問題なかった。敵チームも同じように予習済みのようで、落ち着いているが――それを通り越して、自信が余っているような印象の生徒もいる。

左から二番目にいる男子は試合の勝敗以上に、俺たちのチームメンバーの女子ばかりを見ている。俺と目が合うと不敵な笑みを見せるが、そんな顔をされても反応に困る。

「それでは試合開始の十分前に、各チーム特異領域《ゾーン》に入ってください。風峰学園は西ゲート、響林館学園は東ゲートからスタートとなります。それではよろしくお願いします」

『よろしくお願いします！』

チームメンバーが向き合って礼をする。響林館学園の生徒は東ゲートに向かう――と思いきや、さっき笑みを見せていた男子生徒がこちらにやってきた。

「なああんた、すげー格好してんな。それってまともに防御性能あんのかよ？」

黒栖さんのワイバーンレオタードがやはり目を惹《ひ》いてしまった――だが、雪理が黒栖さんを庇《かば》おうとすると。

「この防具は見た目よりも防御力が高いんです。ご心配頂きありがとうございます」

「っ……じゅ、銃も何も持ってないってことは一応アタッカーだろ。いいのか？　近接同士でやり合ったらボロボロに……」

「チーム戦ですから、あなたと戦うとは限らないので、大丈夫です」

「ぐっ……」

黒栖さんが物怖《ものお》じせずに言い返している。初めて会った時から彼女が変わってきていることは分かっていながら、それでも驚かされるものがあった。

飾らずに言えば、胸が熱くなっている。黒栖さんの勇気を、自分のことのように誇らしいと思う。

「そ、そうかよ……なら俺と戦う可能性もあるってことだよなぁ？」

「仁村《にむら》君、入場が遅れた場合は失格となりますので、急いでください」

「げっ……お、お前ら！　俺が中学時代なんて呼ばれてたか、この試合で思い知らせてやるよ！」

戦闘の実力はあるが言動が多少気になるという人は、どこの学校にでもいるものだろうか——と、不破《ふわ》と南野《みなみの》さんを思い浮かべる。いつまでも擦《こす》るのは二人に悪いが。

「なんて呼ばれてるんだと思います？　なんて、そんなに気にならないですけど」

「社、あんな人でもなかなかやるかもしれませんわよ。油断は禁物ですわ」

「アタッカーが五人、ガンナーが一人、サポートが二人という編制かしらね……装備を見た感

想だけど」

「さすがお嬢様です、私もそのように考えました。サポートの一人はベルトに何か道具を入れているようですね……スモークグレネードなどでしょうか」

「おそらくそうだな。通常のグレネードは使用禁止だが、スモーク、スタン、フラッシュの三つは許可されている」

坂下さんと木瀬君の言う通りなら、敵のサポート役にも注意しなければならない。

「それでは入場を開始してください。良い試合を期待しています」

審判が言うとゲートが重々しい音を立てて開く。中に入ってしばらく進み続けると、霧が晴れる——目の前にはシミュレーションで見た光景に近い、市街が広がっていた。

「やはりシミュレーターを使っておいたのは正解だったか……」

「いえ、そのままというわけじゃないわね。シミュレーターを使わないチームが不利になるほどでもないと思うのだけど。幾島さん、周辺の地形は出せる？」

『配布されたデータを共有します』

《幾島十架《とうか》が特殊スキル『セカンドサイト』を発動》

《神崎班、折倉《おりくら》班、伊那班とマップ情報を共有しました》

「いつもと同じ班分けで、今回は三手に分かれる。スタート時に俺の魔法でスピードを強化する……これは俺と離れすぎると効果がじきに切れる。離れてから保つ時間は十五分ってところだ」

《神崎玲人が強化魔法スキル『マルチプルルーン』を発動》

《神崎玲人が強化魔法スキル『スピードルーン』を発動》

《神崎玲人が強化魔法スキル『アクロスルーン』を発動》

「すでに身体が軽くなって……効果も思った以上に長いというか、それは時間制限になっていませんわね。流石《さすが》ですわ、神崎君」

「確かに玲人は流石だけれど、それを言っていたら話が進まないわ」

「美由岐さんはすぐ先生を持ち上げちゃいますからね、自重しないとですよ……ふがっ」

「じゃれている場合ではありません、作戦についてですが、プランＡということでよろしいですか？」

「プランＢなんてありませんけどね。なんてお約束も済ませましたし、配置につきまーす」

「やれやれ……俺たちが抜かれたら戦犯だぞ」

「左、右、そして中央。中央を二人編制の神崎たちに任せるのはなかなか変則的にも思えるが

「……」

「だからこそ不意を衝《つ》ける。それとも唐沢は、俺に頼るのは不安かな」

「……全く逆だ。神崎が一人で全てやってくれる、だからこそ必死で役割を見出さなければな」

唐沢はライフルに弾を装塡《そうてん》し、セーフティを確認してから配置場所に向かう。

「黒栖さん、玲人のことをお願いね……いいえ、玲人に頼んだ方がいいのかしら」

「は、はいっ……頑張ります！」

《神崎玲人が強化魔法スキル『マキシムルーン』を発動》
《黒栖恋詠が特殊スキル『オーバーライド』を発動》
《黒栖恋詠が魔装形態『ウィッチキャット』に変化》

黒栖さんが変身する姿を見て、雪理と坂下さんが音を出さずに拍手をする。そして二人も配置場所に向かう——折倉班は左側だ。

「いよいよですね、玲人さん」

「ああ。黒栖さんとバディを組んでから、色々なことを経験できてるよな」

「……はい。玲人さんといると、私が一人だったら、ずっとできなかったようなことばかりで……お友達も、いっぱいできました……っ」

「それは、黒栖さんが持ってた元々の良さがみんなに伝わってるんだよ」

「っ……そ、そんなことないです。私はその、恥ずかしがり屋も度が過ぎるって、お母さんや担任の先生にも注意されてたくらいなので……」

「でも、さっき仁村って呼ばれてた人に言い返した黒栖さんは格好良かったよ」

「あ、あれは……玲人さんがくれた素材で作った装備を、馬鹿にする人は……絶対、駄目って思ったので……」

――そういう気持ちでいてくれたのか。全然気づくことができなくて、今になって感激している俺は、我ながら鈍いにも程がある。

「……ワイバーンレオタード、私は好きです。このセラミックリボンも」

「えーと……やっぱり目立つよな、でも。また装備を変えられるように、素材を集めておくよ」

「っ……そ、それは、私も連れていってください」

「え……」

「私は玲人さんと一緒に……いえ、玲人さんのバディとして恥ずかしくないように、強くなりたいんです……っ」

「……ありがとう。俺も皆に強くなってほしいし、黒栖さんと一緒だと心強いよ」

「あ……」

上辺だけの言葉のつもりはない。けれど本当は、今の黒栖さんのレベルでは危険があるような場所にさえ、一緒に行きたいと言ってくれていることも分かっている。

この現実《リアル》でも一緒に戦える仲間を増やしたい。無理のないように、少しずつでも――それには、相手が俺とパーティを組みたいと思ってくれることが何より重要だ。

『選手の皆さん、間もなく試合を開始いたします。3、2、1――』

カウントがゼロになった瞬間、状況が動き始める。まず始めに俺が果たすべき役割は、狙撃手を引き付けること。

唐沢と木瀬君が二人で予測した、狙撃手の潜伏位置。千五百メートル離れた場所にあるビル――かなり度胸はいるが、そこに身を投げ出す。

《速川《はやかわ》鳴衣《めい》の射程外からの攻撃　使用スキル不明》
《神崎玲人が強化魔法スキル『プロテクトルーン』を発動》

――発射から着弾まではほとんど一瞬。俺の右腕につけたスコアパネルを狙った魔力の弾丸が、展開した防壁の表面を削《けず》るようにして飛んでいく。

幾島さんが射線をマップに反映し、黒栖さんはすでに走り出している。音のない疾走――俺はもう一発を誘うためにその場に留まる。

二発目の狙撃はない。タイミングをずらして撃たれることも考えたが、集中して待ってもその瞬間は訪れなかった。

（移動した……！）

一発撃った後に移動する。イオリも同じタイプの狙撃手だった――苗字《みょうじ》と行動まで一致していて、無関係とは思えない。

《神崎玲人が未登録のスキルを発動》

呪紋創生《ルーンクリエイト》で作り出した呪紋は、『射程強化』『誘導性』『低速化』の特性を組み合わせたもの。それを放った先は速川鳴衣――当たりさえすれば必殺だが、標的に当たる前に迎撃され、落とされる可能性はある。

ひとまず思考を切り替える。今俺がするべきことは何か、本拠地の防衛だ。

《折倉班が敵チーム２名と遭遇《そうぐう》　交戦開始》
《伊那班が敵チーム２名と遭遇　交戦開始》
《谷渕舞《まい》の攻撃が社奏《かなで》にヒット　クリーンヒット　スコアマイナス10ポイント》
《折倉雪理の攻撃が岡崎章吾《おかざきしょうご》にヒット　クリーンヒット　スコアプラス10ポイント》
《伊那美由岐の攻撃が谷渕舞にヒット　クリーンヒット　スコアプラス10ポイント》

折倉班、伊那班の接敵人数が少ない――速川鳴衣を除いてあと二人。彼らが何を狙っているかにはすぐに気付かされた。

《神崎玲人が敵チーム3名と遭遇　交戦開始》

《岩井霧絵《いわいきりえ》がスモークグレネードを使用》

目の前に投擲《とうてき》されたのは煙幕《スモーク》のグレネード――一気に煙が吹き出して辺り一帯の視界を塞《ふさ》がれる。

「――がら空きなんだよ、お前らっ……！　おらぁっ！」

《仁村数馬《かずま》が槍術スキル『疾風片手突き』を発動》

打ち込んできたのは仁村――もう一人も仕掛けてきている、しかし。

（通すわけにはいかない……使わせてもらうか……！）

《神崎玲人が『魔力眼』を発動》

《神崎玲人が攻撃魔法スキル『ウィンドルーン』を発動　即時発動》
《神崎玲人の攻撃魔法が遠藤秀長《えんどうひでなが》にヒット　スコアプラス5ポイント》
《神崎玲人が仁村数馬の攻撃を防御　ブロック成功》

左手で風を巻き起こし、煙幕を吹き飛ばしつつ一人を吹き飛ばす。そして右手でロッドを振るい、仁村の繰り出した槍を受け流した。

「うぉおぉあっ……‼」

「——魔法使いが、なんで俺の……攻撃を受けられてんだぁぁっ……‼」

《仁村数馬が特殊スキル『バーサーク』を発動》

（バーサーク……防御力が下がる代わりに筋力と速さが大幅に増す。こんなスキルを持ってるやつがいるとはな……！）

ソウマもバーサーク使いだったが、後になって完全上位互換のスキルが出てきたために使わなくなっていた。懐かしいなんて思っている場合じゃないが、思わず顔がほころぶ。

「笑ってんじゃねえぇっ‼」

《仁村数馬が槍術スキル『急所突き』を発動》
《神崎玲人が強化魔法スキル『ウェポンルーン』を発動》
《神崎玲人が仁村数馬の攻撃を防御　ブロック成功》

「がぁぁっ……な、なんだてめえっ、本当に後衛職か？　どんな馬鹿力してやがる……！」
「——仁村、下がって！」

グレネードを投げてきた女子の声がする——もう一人の男子はウィンドルーンでかなりの距離を吹き飛ばされ、まだ戦線復帰できていない。

リミッターリングでダメージは抑制されているとはいえ、速度は変わらないのだから目まぐるしいやりとりだ——だが三人相手でも見切れないということはない。訓練所で五人を相手に立ち回ったことが、ここにきて生きてくる。

（済まないが、動きを止めさせてもらう……！）

《神崎玲人が強化魔法スキル『マルチプルルーン』を発動》
《神崎玲人が弱体魔法スキル『バインドサークル』を発動　即時遠隔発動》

「な、何っ……発動が、速すぎっ……!?」

「ぐぁっ……う、動けねぇ……ギブ……ッ」

《岩井霧絵が戦闘不能　スコアプラス50ポイント》
《遠藤秀長が戦闘不能　スコアプラス45ポイント》

「うちの二人が瞬殺だと……こんな選手が無名？　中学時代、通り名の一つもないやつが……っ」

「あんたの通り名を当ててやろうか。『バーサーカー』だろ？」

仁村が槍を構えたままで固まる――どうやら図星らしい。

「……『西中のバーサーカー』だぁぁぁっ！」

まだ戦意を失っていない仁村が突きかかってくる――折倉班と伊那班の戦闘も佳境《かきょう》を迎える中、俺は仁村の突きを回避しながら、黒栖さんの状況を幾島さんに聞いて確認していた。

3　襲来

◆◇◆

——一回目の狙撃が外れた。

事前の練習でも、実戦訓練でも、誰よりも早く狙撃位置に行き、最大で2キロ離れた的《まと》に当てられるようにしてきた。

千五百メートルは外しようがない、それこそが油断だった。

（当てたとしても防がれる……そんな人、学生レベルではいるわけないと思ってた……でも……）

あの人は防いだ。仲間に優秀な狙撃手がいて、射線を予測されていた——そうだとしても、魔力で強化され、射程範囲内なら瞬時に着弾する『ロングショット』を防げる人なんていない。

普通は、いないはずなのに。

《谷渕班が脱落　マイナス100ポイント》

《矢島《やじま》班が脱落　マイナス１００ポイント》

コネクターが敗色濃厚の戦況を伝えてくる。もう勝てない――私は、勝たないといけないのに。

《速川鳴衣が特殊行動スキル『隠密潜伏』を発動》

スナイパーライフルを担《かつ》いで次の狙撃場所に移動する。生き残ることさえできれば、一人ずつ狙撃で脱落させていけば勝つことができるのだから。

ビルの屋上から階段で降りて、非常階段に出る。スキルで足音を抑えた状態で、このルートなら、そうそう裏をかかれることはないはず。

――ないはずなのに。

《神崎玲人の未登録スキルが速川鳴衣に命中》

ぐん、と足が進むのが遅くなる。まるで深い水の中に入れられたみたいに。

《速川鳴衣が黒栖恋詠に遭遇《そうぐう》　交戦開始》

「っ……!?」

彼女は私の後ろに『現れた』。待ち伏せをされていたのに気づかず、私は通り過ぎた——どうすればそんなことができるのか。

「——やぁぁぁっ!!」

辛《かろ》うじて振り向く。そうしたとしても、何もできることはない。

仁村君に毅然《きぜん》として言い返していた女の子。試合に出るにしては可愛《かわい》らしい装備をしていて、この子を撃つのはなるべくなら避けたいとか、そんな甘いことを考えていた。

だから私は、ここで負ける。

「……ちゃん」

自分の口からひとりでに出た言葉の意味さえ、分からないまま。

◆◇◆

《黒栖恋詠が攻撃魔法スキル『ブラックハンド』を発動》

《黒栖恋詠の攻撃が速川鳴衣にヒット》
《速川鳴衣が戦闘不能　スコアプラス50ポイント》
《響林館学園のチームメンバーが全員脱落　風峰学園が勝利しました》

イズミの勝利を告げるアナウンスが聞こえ、俺は息をつく。

速川の狙撃を防御手段のある俺が受けて、幾島さんが速川の移動する予測位置を割り出し、黒栖さんが先回りをする。俺の呪紋《ルーン》も命中したようだが、黒栖さんの助けにはなっただろうか。

『バインドサークル』を解き、敵チームの二人を解放する。彼らも悔《くや》しそうだが、互いに労《ねぎら》いあっていた。

「くそ、負けた……あんたみたいな選手がいるなんてデータになかったぞ。なんなんだあんた、風峰のプリンセスにスカウトでもされたのか？」

「スカウトか……確かにそうだな」

「何だその言い方……って、イキっても仕方ないか。くそ、超カッコ悪いじゃねえか俺……」

仁村は仲間たちを振り返って無事を確認したあと、俺を見やると、一度俯《うつむ》いて息を吐いた。

「いや、脱帽だ。魔法職に接近戦でやられてちゃ、認めるしかない……強いな、お前」

仁村はそう言いながら、こちらに近づき右手を差し出そうとする。

——瞬間、全身に悪寒《おかん》が走る。

《警告　特異領域《ゾーン》の内部が不安定化　速やかに離脱してください》

「――駄目だ、離れろっ！」

《神崎玲人が特殊魔法スキル『キネシスルーン』を発動》

イズミが警告の言葉を発すると同時に、俺は呪紋を発動させていた。

「っ……！」

仁村が『キネシスルーン』で突き飛ばされた瞬間、目の前の地面に、黒いオーラの塊《かたまり》が突き刺さる。

黒いオーラは地面を削《けず》りながらどこまでも進んでいく。やがてビルの外壁にぶち当たっても容易に貫通し、爆散させる。

「な、なんだ……もう試合は終わったんじゃないのかよ……？」

仁村はその光景に青ざめ、呆然《ぼうぜん》としている。明らかに彼らは状況を受け止められていなかった。

射程外からの攻撃。交流戦で使用される武器に殺傷能力はない――しかし、今の攻撃は明らかにそんな威力ではなかった。

「仁村、ここから離れろ！」

「で、でもお前はっ……」

「他のチームメイトも連れて脱出しろ！　俺が時間を稼《かせ》ぐ！」

「っ……くそったれ……！」

言いたいことはあるだろう、だがそれを呑《の》み込んで仁村は仲間と共に駆け出す。

「――あ、足が……進まねえ……！」

《正体不明からの攻撃　スキル名不明》

（なっ……⁉）

全《まった》くの範囲外からの攻撃。特異領域《ゾーン》の内部とはいえ、魔物の気配などなかったはずだ――選手の行動であれば名前が表示されるが、それが『正体不明』などと。

《神崎玲人が強化魔法スキル『スクリーンスクエア』を発動》
《射程外からの攻撃》

動きが鈍った仁村がさらに狙われることを予測して、攻撃を正面から受け止める——両手で『スクリーンスクエア』を発動させ、音速で襲い来る黒いオーラの塊を受け止める。

(受け……られない、だと……!?)

正面から受け切ることに拘《こだわ》っていれば、防壁を割られていた。仁村に向かわないように辛うじて受け流すが、地面に大穴が開く。

「うぁぁっ……な、何なんだよ……魔物か……?」

「仁村、ここはもうヤバい、逃げるぞっ！　岩井もっ！」

「で、でもっ、足が……っ、すくんで……」

「俺の背中に乗れっ、ここにいたらやられるぞ！　……うぁぁぁっ……！」

仁村たちは恐慌状態に陥《おちい》っている。この事態を前にすれば、無理もない話だった。

今まで『この現実』で、俺は脅威《きょうい》を覚えるような攻撃を見たことがなかった。

自分のレベルが130だと確認したことで、当面は安全だと思っていた——『この現実』では何が起こってもおかしくない、そう思っていたのに。

『神崎さん、特異領域の中に異変が起きています……っ、速やかに撤退《てったい》を……！』

「幾島さん、他のメンバーに脱出するよう指示してくれ。俺に向かって攻撃してきた奴の映像は送れるか？」

『駄目です神崎さん、一人で残っては……っ』

「俺は残らなきゃならない。このまま外に出て『奴』を放置するのは危険すぎる……大丈夫だ、必ず無事で帰るから」

『……分かりました。ですが、くれぐれも深追いはしないでください』

速川という名の選手。その名前を目にした時は、イオリと縁のある人物であったならと思った。

試合の中で、俺は速川鳴衣の射撃に、そして戦い方自体に、自分の知る『イオリ』を重ねていた。

だが、それはあくまで『似ている』というだけだ。

たった今目にした二つの超長距離攻撃――その『狙撃』は。

「……イオリ……なのか……？」

幾島さんから送られてきた映像には、灰色の空に浮遊する白い髪の女性が映っていた。

彼女は禍々《まがまが》しい意匠《いしょう》の装備を身に着け、そして魔神アズラースの波動砲《ディストラクション》を思わせる巨大な銃を携《たずさ》えている。

《不確定個体と遭遇　暫定《ざんてい》名称『名称不明の魔人』》

魔人。イオリに似た――それは、ウィステリアにエリュジーヌが宿った状態とも違っている。

イオリの姿をしていながら、似て非なる存在。悪魔と人間の姿を合わせたかのようなその姿は禍々しく、そして俺の胸をかき乱す。

「――イオリッ！」

彼女は幾島さんに『視《み》られて』いることを知っているかのように微笑《ほほえ》み、映像は乱れて掻《か》き消えた。

『フフッ……アハハッ……アハハハハハッ……‼』

彼女は笑う。聞くものを皆魅了するような、蠱惑《こわく》的な声で。イオリはこんな笑い方はしない――いつも感情を抑制しているようなところのある、そんな人だった。

俺の声が届いていないのか、それともどこか似ているだけでイオリその人ではないのか。

《名称不明の魔人による攻撃　スキル名不明》

女魔人は携えていた武器――有機的なフォルムを持つ巨大なライフルを構え、こちらに向けて放ってくる。恐るべき長射程、そして弾速。

「――うぉぉぉぉっ……‼」

無差別に降り注ぐ、隕石《いんせき》のような黒いオーラの射撃。全てを壊そうとでもするかのようなその殺意が、俺の視界を埋め尽くした。

４　未知の呪紋

建物をいとも簡単に破壊する、女魔人の射撃――それはもはや狙撃というレベルのものではなく、破壊を撒《ま》き散らす超広範囲攻撃だった。

磁場《じば》が乱れている状態なのか、ブレイサーを通じて聞こえる黒栖さんの声にはノイズが混じっている。

『――玲人さんっ……！』

俺は崩壊を免れたビルの陰で、黒栖さんと通話していた。幾島さんから送られてくる映像では、女魔人が射撃を止めて周囲を睥睨《へいげい》している。

「黒栖さん、今この特異領域に強力な敵が現れた……どこから現れたかは分からないが、俺たちを狙って攻撃してきている。そこに響林館の選手はいるかな」

『はい、速坂さんが……』

「彼女を連れて脱出するんだ。敵は北西の方向、上空から俺たちを狙ってきている」

『……駄目……私は、逃げられない……』

『速坂さんっ……いけません、外に出たら……っ！』

「速坂、そこにいるなら聞いてくれ。俺は風峰学園の神崎という。君とは後で話したいことがある……けれど全ては、この場を生きて切り抜けてからだ」

黒栖さんのコネクターを通じて、速坂が逡巡《しゅんじゅん》するのが分かる――彼女は震えるような息をしたあと、かすれた声で言った。

『……神崎君……この子が、君のことを「れいと」って……』

「神崎玲人、それが俺の名前だ。今はそれよりも……」

『……分かった。必ずこの子と一緒に外に出るから、玲人君も気をつけて』

「黒栖さん、俺も必ず後から行く。みんなと一緒に特異領域《ゾーン》の外で待っていてくれ」

黒栖さんはすぐに返事をしなかった。その葛藤《かっとう》が俺を残して行くことに対するものだと、痛いほど分かっている――それでも。

『……分かりました。速坂さんと一緒に、脱出します』

「ありがとう」

《玲人様、運営委員会より避難警告があったため、折倉班、伊那班はすでに脱出を開始しています》

通信でそれぞれを説得している時間はない。雪理、そして伊那さんの判断は正しい――女魔人と戦って生き残れる可能性があるのは、今この領域にいる中では俺だけだ。

『――地形が大きく変化しています。マップを再度共有します』

幾島さんから送られてきたマップのデータを見て俺は絶句する――試合が始まったときとは

まるで違う。

「とんでもないな……攻撃した方向全部が瓦礫《がれき》の山だ」

《……玲人様、笑っていらっしゃるのですか？》

俺の正気を疑うようにイズミが聞いてくる。無理もない、俺の頭にある考えは、恐怖とはかけ離れた感情だからだ。

「魔女神がイオリの姿に似せた、全《まった》く別人の悪魔を送り込んできたのかもしれない……だとしても、あの能力は俺の知っている仲間の面影《おもかげ》がある」

――私が理想とするのは、超長距離からの一方的な攻撃による完封。

――イオリ、それはＦＰＳ《ファーストパーソンシューティング》でいうと塩試合ってやつじゃ……。

――相手の攻撃を受けずに一人でも多く倒せば勝ちが見える。ただ、それだけ。

ソウマの指摘にも揺るがずにイオリはそう言っていた。

女魔人の戦術もまた同じだ。交流戦の準備段階から、俺たちは狙撃手の速坂を警戒して作戦を練《ね》った――今の状況もまた、敵からの攻撃が段違いの威力ではあるが、やるべきことは変わらない。

（俺の呪紋《ルーン》が届く間合いに入る……『フォースレイククロス』の射程が約１マイル。千六百メートル以内にどう近づく……？）

《警告　名称不明の魔人が魔力集約開始　付近の大気中魔力枯渇《こかつ》》

「っ……‼」

超長距離からの一方的な攻撃。遮蔽物《しゃへいぶつ》をものともしない破壊力による、文字通りの蹂躙《じゅうりん》。

マップを見て血の気が引く——女魔人の狙う方向は、西側のゲートに向いている。

身体《からだ》が動いていた。防がなければならない、なんとしても——だが。

燻《いぶ》り出された俺を見た女魔人は、獲物を捉えた狩人《イエーガー》のように、獰猛《どうもう》な眼光を放つ。

《名称不明の魔人の攻撃　スキル名不明》

スキル名不明——いや、俺は知っている。猟兵のレベル10射撃スキル『ウルティマレールガン』。

最長射程、最高速、最大単発威力を誇り、魔神アズラースの装甲を削《けず》ったスキルでもある。

しかしそれに、建物を破壊する対物性能が追加されている。

（レベル10を超えた……限界突破《キャップ》スキル……なのか……！）

『ククッ……ハハハッ……アーッハハハハッ……‼』

まるで破壊を、俺という獲物を見つけたことを心から喜ぶかのような愉悦《ゆえつ》の哄笑《こうしょう》。

「……それなら俺も超えなきゃな……今、ここで……！」

《神崎玲人が未登録のスキルを発動》

『呪紋創生《ルーンクリエイト》』を発動し、ありったけの防御呪紋を融合させる――リミッターリングを外しかざした手の先で、文字と紋様が重なり、新たな形を作る。

『スクリーンスクエア』『エンデュランスルーン』『シェルルーン』。複合した防御効果を持つ魔力の壁は、結界とも言える堅牢《けんろう》性を手に入れる――しかし。

『……私と同じ……因子を持つ者は、他に必要ない……！』

放たれたのは黒い滅びの光。着弾は一瞬だった――しかし『呪紋創生』で作り出した防壁は、俺に生き残るだけの生命力《ライフ》を残した。

（これを防いでも……イオリは狙撃を失敗すれば必ず……）

俺の射程が届かない距離まで、女魔人は逃げるだろう。盲信に近くても、そうするだろうという確信があった。

倒す術《すべ》のない射程外の敵を追い続ければ、いずれ反撃で疲弊《ひへい》し、力尽きる。今まで戦ってきた相手とは、一撃を受けて生き残るために使うＯＰ《オーラ》が多すぎる――それでも。

「諦められるかよ、二度と……！」

女魔人を倒す。そうしなければ何も始まらない――この戦いに、勝たなければ。

『――あなたが諦めないなら。私たちは、絶対にあなたの力になる』

《折倉雪理が固有スキル『アイスオンアイズ』を発動》

曇天《どんてん》の空の下。全てが白く染まる――幻の冷気とともに。

「――雪理っ……!?」

まだ領域内に残っていたのか。幾島さんもイズミもどうして知らせなかったのか。

『私も玲人さんの力に……あなたのために、私はここにいるんですから……っ！』

黒栖さん――頭を過《よぎ》るのは、一つの可能性。

黒栖さんが『セレニティステップ』を使い、合流した雪理を背負って、『アイスオンアイズ』の効果範囲まで近づいた。

『あ……あぁあっ……あぁぁぁあっ……!!』

雪理の瞳が持つ力は、俺も使われるまで知らないものだった。女魔人にとってもそれは同じ
――しかし。

《名称不明の魔人が『アイスオンアイズ』を解除》

『――あぁぁぁぁあっ‼！』

「くぅっ……‼」

空を引き裂くような絶叫と共に、『アイスオンアイズ』の効果が解ける。女魔人は力業《ちからわざ》で束《そく》縛《ばく》を解き放った――しかしただでは済まず、その眼は真っ赤に染まっている。

『私に何をした……人間ごときが、私に……何をしたぁぁあっ‼』

《名称不明の魔人の攻撃　スキル名不明》

視認された雪理と黒栖さんを狙い、女魔人が巨大な銃を構える――しかし。

俺は呪紋が魔人に届く位置まで、彼女の間合いの中に入り込んでいた。

「おぉぉおぉっ……！」

《神崎玲人が固有スキル『呪紋創生』を発動　要素魔法の選定開始》

《回復魔法スキル　レベル８　『ブレッシングワード』》

《特殊魔法スキル　レベル10　『デモリッシュグラム』》

足元から発生した『デモリッシュグラム』による結界が、女魔人の防御結界とせめぎ合う。

『――その目を、私に向けるな……っ!!』

女魔人の攻撃が発動するのが、一瞬速い――『呪文創生』が完成するまで、俺は全《まった》くの無防備になる。

しかしそれは『イオリが知っている俺』ならばの話だ。

《神崎玲人が『魔力眼』を発動》

――射撃をかわすには、着弾点から一歩でも横に動ければいい。

――それは撃たれた後に反応しなきゃいけないってことかな?

――そういうのって、動体視力が良ければできるんでしょうか。


魔力を集中させた瞳が、放たれた魔力の弾丸を知覚した瞬間に、俺はただ一歩だけ横に移動する。

髪を揺らし、すぐ横に弾丸が着弾する。女魔人の狙いが正確であるからこそ、こんな無謀《むぼう》な回避を成功させることができた。

上空の女魔人が眼を見開く。それすらも、『魔力眼』で強化された視界が捉えている。

《神崎玲人の攻撃魔法スキルが限界突破　スキルレベル11に到達》

俺が今必要としている力は、ただの呪紋師《ルーンマギウス》では到達できない『レベル11』のスキル。
そして創紋師《ルーンクリエイター》となった今、単体ではなく、複数の呪紋を複合して放つことができる。

「――いけぇぇぇぇっ‼」

《攻撃魔法スキル　レベル11　『アカシッククロス』》

ただ相手を倒したい、それだけが勝つことではない。
俺が求めた力は、魔人に変化したイオリにあるべき姿を取り戻させる呪紋。

「――あぁぁあっ……‼」

ブレッシングワードを使うことで、呪紋に聖属性が宿る。女魔人の黒い魔力と、俺の魔法がせめぎ合い、白と黒の雷がほとばしる。

「玲人……っ、あの魔人の姿が……！」

「……人間に……あの人は、一体……」

『アカシッククロス』は、対象に起きている魔力的な影響を取り除く力を持つ。その過程で対象がダメージを受け、無力化されるために『攻撃魔法』に分類される。

それで女魔人が、もし人間に戻るなら——彼女もまた、ウィステリアと同じように、悪魔に操られていることになる。

イオリの白かった髪の色が、黒く変わり始める。

俺がよく知っている、ガンナーのイオリがそこにいた。

「イオリ、俺だ！　レイトだっ……！」

魔力眼の映し出したイオリの唇の動きは、俺の言葉に応えているように見えた——しかし。

《警告　至近距離で特異現出発生》

イオリの背後の空間が歪み、そこから手が伸びてくる。攻撃魔法は放てない、無力化しているイオリは何の防御力も持っていない。

『——役目を果たす前に消えてもらっては困る。因子はいずれ全て回収する』

響いてきたのはひどく歪んだ、男とも女ともつかない声だった。

イオリの姿は消え、空に伸ばした手の行く先を失う。

握りしめた拳に、冷たい手が触れる。『アイスオンアイズ』を発動していた雪理の青色の瞳が、元の色に戻っていく。

魔人化したイオリの力は、俺が知っている彼女の力を上回っていた。そんな彼女に立ち向かい、貴重なチャンスを作ってくれた――雪理の勇気には、いつも心を動かされる。

黒栖さんは言葉もなく、ただ俺を見ている。その瞳から、涙が一筋溢《あふ》れる――それを見て俺も気づいた。

気づきもしないままに、涙が流れていた。

ようやく会えたことに対する喜び。敵と味方として再会したことを、今も否定したくて仕方がない――そしてイオリを操っている何者かに対する憤《いきどお》りが、胸の中をかき乱す。

「あの人のことも、玲人は助けたいと思っているのね」

「……ああ。あと少しだったのに……元の姿に、戻りかけてたのに……」

黒栖さんが、雪理が触れた俺の手に、さらに自分の手を重ねる。涙に濡れた瞳を拭《ぬぐ》いながら、彼女は言った。

「必ず、連れ戻せます。ですから……玲人さんに、もし抱えているものがあるなら……」

「……私たちに、教えて。私たちもあなたの力になりたい、そのためにここに残ったの」

二人がいてくれなかったら、俺はイオリに近づくこともできないままだった。

だからこそ、言わなければならないと思う。

「二人を危険に巻き込むことになるかもしれない。それでも……」

「それでもいいと言っているでしょう。私たちのことを甘く見ないで」

「玲人さんと過ごす日々を、これからも続けたいから……だから、無理をしない範囲で、玲人さんのことを教えてください」

皆と一緒に強くなる。それはもう、上辺だけ取り繕《つくろ》った考えであってはならない。

前に進むには、雪理、黒栖さん、そして皆の力が必要だ。呪紋師ができることは限られていて、この世界でやらなければならないことは数多くあるのだから。

「まず、外に出ましょう。あなたを一人にしておくと不安だから……」

雪理と黒栖さんがそれぞれ俺の手を引く。それは過保護じゃないかと、いつもの俺なら言っているところだ――それでも。

三人で、荒れ果てた道を歩いていく。ゲートの外で待っていた仲間たちが、再び中に入ってきている――幾島さんと、姉崎さんまで。

「……交流戦、初勝利のお祝いもしないとな」

そう呟《つぶや》くと、俺の、誰にでも誇ることのできるバディ二人は、揃って輝くような笑顔を見せてくれた。

あとがき

本書をお手に取っていただきありがとうございます！

かなり間が空《あ》いてしまいましたので、書店様で並んでいるところを見つけていただけましたらと、ひたすらお祈りしております。引き続きお目にかかれていましたら幸いです。

前巻までは戦闘している場面が多かったのですが、今巻では日常シーンが多くなっております。古都《こと》先輩はミアなのでは、という予想をされている読者の方がいらっしゃいましたが、すみません、眼鏡《めがね》で正体を隠した幼馴染《おさななじ》みでした。幼馴染みは意外なところに潜伏しているということで、ご容赦《ようしゃ》願えましたらと思います。

今回はトレーニングをする場面があり、姉崎《あねさき》さんがかなり活躍しています。

マシントレーニングは作者にとってはいわゆる苦行《くぎょう》だったのですが、決まったセット数をこなすと達成感があり、続けるうちにウェイトを重くしても平気になったりしたものです。

トレーニングの成果が「筋力経験値」という形だったら、筋力をワンランク上にするまで頑張れていたかもしれません。

玲人《れいと》が鍛えた筋肉を披露し「肩にちっちゃい重機載せてんのかい！」と言われるシーンを書きたかったのですが、自重した結果、姉崎さんの発言は大人しめになっております。

書き下ろしのパートですが、今回は本編の合間に入っております。

雪理《せつり》の視点で進行している場面ですが、やはり玲人以外の視点になりますといつもは書けないことを書くことができるため、書いていて作者自身も新たな発見がありました。

WEB連載ではこのパートがなくても話が繋《つな》がるようになっているのですが、書籍版ならではの要素としてお楽しみいただけましたら幸いです。

綾瀬《あやせ》隊長、リュシオン、ウィステリアの出番が今回はないのですが、今後しっかり出番はありますと申し上げておきます。三人とも2巻でＫｅＧ《ケージ》先生に素晴らしいキャラクターデザインを頂きましたので、作者自身も再登場が楽しみです。

ここからは御礼に移らせていただきます。

完成までに多大な尽力を頂きました担当編集様。もはや感謝を通り越して申し訳なさしかないという状況でございますが、それでも重ねて申し上げさせていただきます。本当にありがとうございました。

イラストを担当いただきましたＫｅＧ先生。本作の世界観、そして物語は大きくイラストレーションの影響を受けています。いつも無茶振りに近いお願いにも百二十、いえ一億パーセントのクオリティーで応じていただき、誠にありがとうございます！

ダッシュエックス文庫編集部の皆様、そしてこの本が読者の皆様に届くまでお力添えを頂いた全ての方々に御礼を申し上げます。

そして何より、本作を手にとって頂き、このあとがきをご覧になってくださった貴方《あなた》に申し上げます。本当にありがとうございます！

肌寒くなってまいりましたので、皆様何卒《なにとぞ》ご自愛ください。それでは失礼いたします。

神無月の夜更けに　とーわ

ダッシュエックス文庫

ログアウトしたのはVRMMOじゃなく
本物の異世界でした3
～現実に戻ってもステータスが壊れている件～

とーわ

2022年11月30日　第1刷発行

★定価はカバーに表示してあります

発行者　瓶子吉久
発行所　株式会社　集英社
〒101−8050　東京都千代田区一ツ橋2−5−10
03（3230）6229（編集）
03（3230）6393（販売／書店専用）03（3230）6080（読者係）
印刷所　株式会社美松堂／中央精版印刷株式会社
編集協力　法貴仁敬（RCE）

ISBN978-4-08-631488-6 C0193